드디어 올 것이 왔다!

러키 서른 쎄븐

러키 서른 쎄븐

ⓒ 정새난슬

초판 1쇄 인쇄 2018년 9월 3일
초판 1쇄 발행 2018년 9월 10일

지은이 정새난슬
펴낸이 이상훈
편집인 김수영
기획편집 고우리 정진항
마케팅 조재성 천용호 박신영 조은별 노유리
경영지원 이해돈 정혜진 장혜정 이송이

펴낸곳 한겨레출판(주) www.hanibook.co.kr
등록 2006년 1월 4일 제313-2006-00003호
주소 서울시 마포구 효창목길6(공덕동) 한겨레신문사 4층
전화 02)6383-1602~3 **팩스** 02)6383-1610
대표메일 book@hanibook.co.kr

ISBN 979-11-6040-193-6 03810

드디어 올 것이 왔다!
러키 서른 쎄븐

정새난슬 글·그림

한겨레출판

열일곱 살에도, 스물일곱 살에도, 나는 서른일곱 살이 된 나의 삶을 상상해본 적이 없었다. 여유 있는 중년이나 철학하는 노년의 모습이라면 모를까, 젊음이 사그라드는 과정에 놓인 서른 후반이라니. 청년도 중년도 아닌 나이의 애매함이 싫어서 나는 서른 후반을 '지금보다 백 배 멋진 미래의 나' 공상 목록에서 삭제해버렸다. 서른 후반은 찬란한 휴가가 끝난 휴양지에 버려진 튜브 같은 나이였다. 출렁이는 파도의 기억을 품고도 제 목적을 잃은 채 천천히 쪼그라드는 튜브의 운명은 청년의 날카로움과 빛을 잃은 서른 후반과 다를 게 없이 느껴졌다. 서른일곱, 혹은 여덟, 뒷자리 숫자가 몇이든 과거의 내게 서른 후반은 정말⋯ 불길한 나이였다.

안타깝게도 나의 육감은 정확했다. 서른 중반이 되자

내게 슬슬 불길한 일들이 일어나기 시작했다. 객관적 관찰자가 당시의 내 인생을 지켜봤다면 '아, 당신 인생 결국 이렇게 끝나나요? 점점 망해가네요' 혀를 찼을 것이다. 맞춤복 같은 애인을 만났다며 콧노래 부르며 결혼했다가 괴성을 지르며 이혼하질 않나, 혀를 내밀며 웃는 딸아이를 안고 심각한 육아 우울에 빠져 허우적거리질 않나, 좀도둑 창작자 같은 스스로를 저주하며, 서른 중반의 나는 패배감 10종 세트라도 선물받은 듯 비탄에 빠져 있었다. 서른 후반이 되지도 않았는데, 청춘의 휴가가 끝나지도 않았는데, 나의 튜브는 벌써 쓰레기통에 처박혔던 것이다. 바닷가 노을을 바라보며 산책하는 품위 있는 중년이 될 가능성도 제로. 말 그대로 미래가 보이지 않았고 확 쪼그라든 내 인생에 생기를 불어넣을 방법 같은 건 하나도 없어 보였다. 모든 게 끝장났다는(끝장났으면 좋겠다는) 기분에 사로잡혀 있었을 뿐이다.

다행히도 어두운 기분의 유효기간은 '영원'이 아니었다. 현인들의 말처럼(트위터에서 읽었다) 기분은 그저 내 마음의 날씨였다. 난폭한 허리케인이 지나자 긴 장마가 찾아왔고 곧 어이없는 폭염이 왔는가 싶더니 천천히 편안한 평년의 기온을, 기분을 되찾았다.

내 나이 딱 서른일곱, 희한하게도 이제는 내가 불길하다고 느꼈던 사건들이 그다지 불길하게 느껴지지 않는다. 다른 사람들에게도 일어나는 일, 일반적인 불행을 예외적인 불운으로 여기고 남들보다 더 유난스럽게 괴로워했다는 생각이 들기도 한다. 그렇다고 '그때 좀 더 참아볼걸…' 괜한 후회는 하지 않는다. 오히려 힘들었던 때에 숨죽이지 않았기 때문에, '이제 난 불행해서 죽는구나!' 소란 떨며 비명을 질렀기 때문에 힘든 시기를 잘 넘길 수 있었다고 생각한다.

크고 작은 사건들을 겪고 나서 더 현명한 어른이 되었다고 말할 수 있다면 상당히 그럴싸하겠지만, 아무리 생각해도 나는 예전 모습 그대로인 것 같다. 쉽게 감동하거나 분개하고, 속물로 살며 짓는 죄를 바라보면서 괴로워하지만 여전히 속물로 산다. 서툴고 미숙한 나는 내가

'예전 그대로'인 것이 그다지 싫지 않다. 찌그러진 내면을 되살려냈으니까 나는 그나마 예전 그대로일 수 있는 것이다. 나를 복원할 수 있는 힘이 내 안에 있음을 알게 된 일은 나름 대단한 성장의 씨앗이 아닐까.

늘 내 삶에 대해 이런저런 푸념을 늘어놓아도 나의 일상에는 나를 웃게 만드는 작은 농담과 기쁨이 숨어 있다. 위대하고 전복적인 인생을 살긴 글렀어도 작은 반항들을 지속할 수 있는 기이한 끈기가, 내게는 있다.

삶을 살아가기에 불길한 나이는 없다. 서른 후반은 바람 빠진 튜브가 아닌 구명보트다. 스스로를 추스를 수 있는 힘 좋은 시절이다. 앞으로도 내게는 좋은 일, 나쁜 일, 그저 그런 일들이 많이 생길 것이다. 마음의 날씨를 종잡을 수 없고, 스스로가 혹평당하는 영화의 주인공처럼 느껴질 때마다, 나는 이 운 좋은 나이를 떠올릴 것이다. 나의 구명보트에 누워 온전한 내가 돌아오기를 기다릴 것이다.

정새난슬

평판 나쁜 엄마

그들은 나를 모른다

사랑의 전장, 전격 후퇴하다

장미색 비강진의 연인

"말하기 죄송한데요. 무좀입니다."

"네?"

"무좀."

2012년 여름, 연애의 달콤함에 취해 있던 나의 마음은 늘 간질거렸다. 모르는 나라(하지만 내가 여행하기로 선택한)의 공항에 도착한 사람처럼 설레고 두렵고 기대에 가득 차 있었다. 낯선 곳의 매력에 흠뻑 도취될 준비로 바빴다. 많이 웃거나 울고, 쉽게 들뜨거나(아주 높은 곳에, 아름답게 떠 있었다) 자주 가라앉았다. 그러니 당연히 마음이 간지러울 수밖에 없었다. 열애로 인한 과부하, 혹사당한 마음엔 예쁜 두드러기가 잔뜩 나, 사랑하는 애인이 나의 마음을 박박 긁어주기만을 원했다. 문제는 간지러운 곳이 마음만이 아니었다는 것이다.

"아, 잠깐."
"왜?"
"아무것도, 아냐…"

　잔뜩 멋을 내고 나간 데이트, 웨지샌들을 벗어던지고
바닥에 주저앉아 긁고 싶을 정도로, 갑자기 발바닥이
가렵기 시작했다. 사랑이고 뭐고 발바닥이나 실컷 긁고
싶다는 열망이 끓어올랐으나, 연애 초기인지라 '저기, 나
발바닥이 무척 가렵거든. 좀 긁고 가자' 실토할 수 없었다.
하지만 다른 한편으로는, 우리 사랑을 위한 도전 과제라는
생각이 들었다. 그래서 아주 솔직하게 털어놓았던 것이다.

"병원에 가야 할 것 같아. 내가 아픈 거 같아."
"어디가?"
"글쎄, 피부랄까…"

잔인한 의사. 타오르는 연애에 찬물을 끼얹을 진단 '무좀'. 무거운 표정으로 피부과를 나와 애인과 함께 홍대 인파를 헤치며 걸었다.

"뭐래?"

"몰라. 무좀이라던가, 몰라, 무좀 맞나? …아무튼 그랬어."

나의 대답을 들은 애인은 웃는 건지 우는 건지 가늠하기 어려운 표정을 지었다. 그러다 문득 좋은 아이디어가 떠올랐다는 듯이 환하게 웃으며 입을 열었다.

"아닐 거야."

"정말 그렇게 생각해?"

"응, 아마 장미색 비강진일 거야."

애인의 새로운 진단. 장미색 비강진… 무좀보다 희귀하고 사랑스러운 병명이었다.

"내가 어릴 때 홍대 놀이터에서 노숙하고 그랬거든. 며칠씩 씻지도 않고 아주 더러웠어. 갑자기 온몸이 가려워서 피부과에 갔더니 장미색 비강진이라고 하더라고. 아마 내 피부병이 너한테 옮았을 거야. 내가 옮겼어. 미안해."

"그렇구나. 내가 장미색 비강진이구나…"

십 년 전에 앓았던, 그것도 증상이 완전히 다른 피부병의 이름을 대며 나를 위로하는 애인이라니… 꼭 안아주고 싶었다. 나의 민망함을 종식시키기 위해 무리수를 두는 애인과 함께 '사랑의 현실도피'를 하고 있는 기분이었다. 우리 사랑을 반대하는 무좀으로부터 도망가는, 장미색 비강진을 앓으며 서로의 몸을 긁는 연인. 나는 그에게 힘차게 고개를 끄덕였고, 진심 어린 사과를 받아주었다. '역시나 우리는 사랑을 하고 있구나' 환희에 가득 찼다. 그러나 그가 잠든 저녁엔 몰래 약국에 가서 무좀약을 샀다. 하얀 연고를 뒤집어쓴 발바닥의 무좀은 그 뒤로 계속 장미색 비강진이라 불렸다. 그와 나의 사랑의 상징으로 간지럽게 살다가, 어느 날 자취를 감췄다.

문득 헤어진 사람들이 내게 남긴 말들을 생각하며 큭큭 웃는다. 전남편이나 절교한 친구가 건넨 농담, 우스웠던 사건들이 문득 찾아와 나를 웃겨줄 때가 있다. 그리움이나 아쉬움이 섞이지 않은 회상이라, 나는 혼자 웃다가 말고 "헤어져서 정말 다행이야" 중얼거린다. 헤어졌기 때문에, 웃을 수 있다. 헤어지지 않았다면, 유쾌한 이야기들 모두 제 매력을 잃고 분노 속에서 뒹굴었을 것이다.

이혼을 결심하고 한참 격렬히 다투던 시기, 극심한 산후우울증을 겪던 나에 대해 전남편이 페이스북에 쓴 글을 읽고 절망했었다.

"원래 정신병이 있었고 내가 속아서 결혼했던 것이다."

무좀을 무좀이 아니라고, 장미색 비강진이라고 우겼던 남자의 입에서 나온 말이었기에 더 끔찍했다. 내가 진짜로 앓았던 병이 있다면, 그건 사랑이었고… 무좀…이었다고 소리 지르고 싶었다. 소중한 추억 전부를 화마의 뱃속에 던져버리고 활활 타오르는 불길을 지켜보았다.

결혼생활의 기간보다 길어진 이혼 후의 삶. 이제는 아득하고 또 간혹 웃기게 느껴진다. 미숙한 인간 둘이 남의 흉내를 내겠다며 무려 '결혼'을 하고 피떡이 된 채로 헤어지다니. 이제는 까만 잿더미를 파헤치며 농담거리를 찾는 나라니. 역시 시간은 대단하고 인생은 블랙코미디다.

장미색 비강진의 연인, 능동적 착각에 빠진 미치광이들. 그들을 바라보며 웃을 수 있는 나는 진짜 moved on. 학창시절 노트에 휘갈겼던 숙어의 의미를 곱씹으며 조금 더 앞으로, 나아간다.

당신의 웃음소리

고개를 젖히며 상쾌히 웃는 딸. 아이의 웃음을 신호로 움직이는 '우울하면 반칙 기동대'가 잽싸게 다리미를 들고 내 마음에 뛰어든다. 자글자글한 기분의 주름을 완벽하게 다려준다. 막가파 유아 역할을 접어두고 '모든 것이 멋져' 모드로 전환한 딸의 웃음을 듣고 있자면, 흐린 날의 기억들이 전부 왜곡된 것이 아니었나 착각이 든다. 딸의 머리카락에 붙은 밥풀을 뗀 것 외에 아무런 성취 없이 지나간 하루도 용서할 만한 것이 된다. 맑고 밝게 퍼지는 웃음소리에 담긴 강력한 확신 덕이다.

'엄마, 나는 앞으로도 계속 세상을 이렇게 느낄 거야.'

근거 없는 낙관을 걸쳐도 어색할 것이 없는 나이.

딸의 웃음은 힘이 세다. 상념의 피로를 덜어주는 아이의 웃음에서 나는 '천사' 미소의 은근함이 아니라 '전사'의 대범함을 느낀다. '쬐그만 게 대단한데…' 주책 없이 따라 웃으면 안심이 된다.

전남편도 그렇게 웃는 사람이었다. 나는 그가 진심으로 웃는 순간을 좋아했었다. 방어적이거나 시니컬한 구석 없이 낮은 음성으로 훌훌 털어내는 소탈한 웃음소리.

"잘 웃네. 듣기 좋다."

간지러운 칭찬을 하면 그는 유약한 면을 드러내서 부끄럽다는 듯 어색해했다. 어쩌다 내가 그를 크게 웃긴 날에는 굉장히 기뻤다. 도저히 참을 수 없다는 듯 새어 나오는 그의 솔직함, 다정함, 유년의 추억이 뒤엉켜 내 귀에 흘러 들어오는 것 같았다.

서로를 포기하려고 작정한 날까지도 나는 그의 웃음을 한번쯤 더 듣고 싶었다. 법원에서 이혼 가정의 자녀 양육에 관한 비디오를 시청하던 날. 눈물을 터뜨리며 훌쩍이는

사람들 사이에서 나는 전남편과 크게, 마지막으로 함께,
웃고 싶었다.

'후후후… 우리는 이러려고… 깔깔깔… 사랑을 했을까.'

이혼을 마무리한 뒤에도 그의 웃음소리는 쉽게 잊히지
않았다. 오히려 더 짙어졌다. 잃어버렸으니 잊어버려야 하는
시절에 대한 상징으로 자리 잡아 머릿속에서 반복 재생되곤
했다. 미워하게 된 사람은 눈치도 없이 자꾸 내 안에서
웃었다.

바야흐로 봄. 산책을 나갔다가 한 무리의 남학생들과
마주쳤다. 교복 입은 어깨를 흔들며 소란스레 웃는 모습을
보다가 중요한 사실을 깨달았다.

'기억이 안 나. 그가 어떻게 웃었는지 전혀 기억이 안 나.'

전남편의 웃음소리는 언제 사라진 걸까. 서서히 조금씩

빠져나간 걸까? 어느 날 단번에 증발했을까? 괴롭고도 소중한 기억이 없어져서 살짝 쓸쓸했지만 곧 무지 홀가분해졌다.

우리가 헤어지던 당시 11개월이던 딸은 이제 네 살이다. 딸은 나를 꼭 닮았다. 크게 웃을 때나 인상을 쓸 때만 전남편의 모습이 나온다. 끝으로 갈수록 넓게 퍼지는 눈썹과 고집스러운 눈매, 미간의 주름. 딸이 자신을 많이 닮지 않아서 그는 약간 억울하려나, 그렇진 않을 것 같다. **아이의 존재 어딘가에 충분히 사랑하고 미워했던 연인의 기록이 공평하게 반반씩 새겨져 있을 테니까.** 서로에게 던진 날선 말들의 모서리가 뭉툭해지면 나는 전남편을 만나 다시 농담할 수 있을지도 모른다. 그가 웃는다면 나는 '내 딸의 아버지는 웃음소리가 좋구나. 다행이네⋯' 초연히 감탄할 것이다.

블랙 폴리에스터 드레스

검은색 폴리에스터 원단으로 만들어진 드레스는 나의
오랜 애인이다. 우리가 만나게 된 사연은 전혀 독특하지
않아서 독특하다. 명동 옷가게를 돌다 그를 발견하고 사랑에
빠졌다. 내가 옷과 사랑에 빠지는 경우는 드물다. 옷들에게
호감을 표하는 일은 많지만 단박에 마음이 달려나가진
않는다. 블랙 폴리에스터 씨는 그저 그런 옷들과 달랐다.
그는 발목을 덮을 정도로 길었고 바람을 따라 찰랑거리고
있었다.

'당신 엄청 관대하네요, 자유롭네요.'

검은색 깃발처럼 보이기도 했지만 내게 무언가를
강요할 것 같진 않았다. "결혼식!" "장례식!" "핫 서머

홀리데이!"라고 크게 선언하는 옷이 아니었다. 아무것도 주장하는 바가 없었기에 무엇이든 될 수 있었다. 다정하게 드레스를 쓰다듬으며 우리가 함께할 여러 모습을 상상한 뒤, 나는 그를 집으로 데려왔다. 그날 이후 그는 나의 몸과 마음에 가장 친밀한 상대가 되었다.

딸은 잘 기억하지 못할 테지만 블랙 폴리에스터 씨는 내가 임신했을 때부터 딸과 가까웠다. 동그랗게 부풀어가는 배를 배려해주는 옷이었다. 초기에는 몸의 윤곽이 드러나지 않도록 몹시 비밀스럽게 굴었다. 하지만 출산일이 임박하자 딸의 존재를 강조하며 세상을 향해 솟아올랐다. 매끄럽게 팽창한 원단은 탐스러워 보였고 나와 친한 이들은 누구나 한번씩 딸과 블랙 폴리에스터 씨를 쓰다듬었다.

슬펐지만 행복한 척했던 날에도 블랙 폴리에스터 씨는 내 곁에 있었다. 갓 백일이 지난 딸을 데리고 전남편과 함께 레스토랑 봉주르 하와이에 간 날, 거울에 비친 나는 명랑한 분위기의 인테리어에 어울리지 않게 우울했다. 좋아하는 식당과 사랑하는 가족으로부터 당장 도망가고 싶은 충동을, 그나마 블랙 폴리에스터 씨가 다독여주었다.

'괜찮아, 괜찮아…'

허벅지를 휘감은 서늘한 촉감이 끓다 폭발할 것 같은
마음을 식혀주었다. 퉁명스럽고 느린 오후, 전남편은 우리의
사진을 찍었다. 페이스북에 올린 사진은 초점이 맞지 않았고
나는 그 사진이 결혼생활의 진실을 보여주는 것 같아
불안했다. 블랙 폴리에스터 씨의 검은색만이 선명하게 내게
말을 걸고 있었다.

혼자여서 편하다고 콧노래 부르던 날의 블랙 폴리에스터
씨는 그 어느 때보다 훌륭한 애인이었다. 지하철 승강장에
부는 바람을 핑계 삼아 내 온몸을 꽉 안아주었다. 숨길
것은 아무것도 없다는 듯이 '언제든, 어디서든, 어떻게든'
속삭이며 내 몸에 달라붙었다. 나를 음란하고도 유쾌한
모습의 여자로 만들어주었다. 전신거울 속의 나는 용감해
보였다. 모르는 사람 모두를 안아줄 수 있을 것 같았다.
검은색 드레스를 입은 나를 똑바로 쳐다보고 '멋져요'
칭찬했다. 나는 블랙 폴리에스터 씨의 모든 것을 더
사랑하고 싶었다.

쉽게 흔들리는 마음을 지켜주는 나의 블랙 드레스는 아직도 매일 나를 허락하고, 나는 오늘도 그와 함께 외출할 것이다. 아무것도 강요하지 않는 애인과, 아무것도 선언하지 않을 충실한 하루가 나를 기다리고 있다.

아빠 없는 하늘 아래?

"전남편이랑 딸은 얼마나 자주 만나? 이제 네 살인데
예전보다 아빠를 더 찾지 않아?"

"딸이 돌도 되기 전부터 별거했으니까 특별히 아빠에
대한 애착이 큰 것 같진 않아. 한 달에 한 번 만나는데 약간
친척처럼 느끼는 것 같아."

"너무했다. 애들이 부성애를 충분히 느껴야 바르게
성장한다잖아."

"가족의 형태는 다양한 건데 꼭 아빠가 있어야 할까?
어떤 모습의 가족이든 구성원들에게 충분히 사랑받는 게 더
중요하지 않을까?"

"그래도 아빠가 있어야…"

눈앞의 인간이 '친한 언니'에서 '친했던 언니'로 바뀌려는

순간, 동정심 가득한 눈으로 나를 바라보는 그녀의 얼굴이 하이에나 같아 보였다. 불행의 냄새를 맡고 다가온 동물이 죽은 살점을 뜯어 제 배를 채우려 하고 있었다. 집요하게 부성의 부재를 캐묻는 그녀의 태도를 도저히 좋게 해석할 수 없었다. 테이블 위의 냉면을 사이에 두고 그녀와 나 사이에 팽팽한 긴장감이 감돌았다. 뭘 찾는지 알겠지만 번지수가 틀렸다고 쏘아붙이고 싶은 마음을 참고 냉면에 겨자를 쏟아부었다. 부성애의 중요성을 연설하던 그녀는 난데없이 '싱글맘의 위대함'에 대해 떠들기 시작했다. 몇 안 되는 육아 동료를 잃고 싶지 않았기에 나는 고무줄 같은 냉면을 씹으며 그녀의 이야기에 연신 고개를 끄덕였다. 그러나 이야기의 주제는 다시 '아빠 없는 슬픔'으로 바뀌고 말았고 짜증을 견디지 못한 나는 젓가락을 거칠게 내려놓으며 화를 냈다.

"언니는 성실하고 착한 사람이야. 아이와 남편을 너무 사랑하고, 가정을 지키는 게 인생에서 제일 중요하다고 믿고 있겠지. 나는 언니랑 달라. 이기적이라고 매도해도 좋아.

어쩌면 딸보다 내 삶을 더 중요하게 생각해서 이혼했는지도 몰라. 후회는 안 해. 이혼 안 했으면 매일 싸우는 부모, 미쳐가는 엄마 모습이나 보여줬을 테니까. 명랑한 내 딸이 나중에 아빠 없는 슬픔을 느끼게 된다면, 그건 언니 같은 사람들 때문일 거야. '너 슬프지? 슬프지 않니? 분명히 슬플 거야' 그렇게 강요하고 있잖아. 무엇이 결핍되었나 구경하고 싶어하잖아. 내 딸이 전남편과 맺는 관계가 어떨지 나도 몰라. 그저 둘만의 답을 찾길 바랄 뿐이고 그건 이혼하지 않았어도 마찬가지였을 거야. 그러니 제발, 이혼이 세계의 종말이라도 되는 듯이 말하지 마. 누군가에겐 새로운 세계의 시작이거든."

기관총처럼 난사한 나의 말. 전운이 감도는 침묵을 깨고 그녀가 나를 향해 웅얼거렸다.

"슬픈 건 나야. 나 같은 사람도 이혼할 수 있을까? 아이가 아빠를 엄청 좋아하는데…"

험악한 대화를 예상했던 나는 의외의 반응에 입을
다물었다. 그녀가 시종일관 '아빠'를 입에 올렸던 속내를
알게 되자 미안해졌다.

"신파라는 장르는 이미 예전에 유행이 끝났잖아. 나는
이혼이 블랙코미디에 가깝다고 생각해."

탐탁지 못한 나의 대답을 음미하던 그녀는 힘없이
웃었다. 예전부터, 사실은… 우리 또 만나자, 내 마음이, 애
아빠가… 그녀가 숙제처럼 남기고 간 토막 난 말들. 오해와
적개심이 쫓겨난 자리에 홀로 선 나는 신파 속 아역처럼
훌쩍거렸다.

이혼녀는 헌 여자다

"이혼은 남자와 여자가 같이 했어도 사회가 바라보는 시선은 다르다. 이혼녀는 곧 헌 여자다. 그런 낙오자 여자들에게 들은 이야기에 영향을 받고 너는 페미니즘 광신도가 되었다. 너의 새로운 이데올로기는 우리 가정을 파괴했다. 너는 아내로서의 본분도 다하지 못한 이기적인 여자다. 정신 차리길 바란다."

친구가 전남편에게서 받은 문자의 요약이다. 그녀는 이십대 초반에 그를 만나 오래 연애하다 재작년 결혼했다. 친구가 이혼 의사를 밝힌 것은 올해 초로, 내가 듣기에도 뜻밖의 일이었다. 그녀는 호기심이 많고 당돌한 사람이다. 그녀의 전남편 역시 유머러스하고 자유분방한 남자이기에 나는 그들의 결합이 더할 나위 없이 완벽하리라고 생각했다.

그녀보다 나이가 많은 전남편이 종종 권위적인 모습을
보이곤 했지만, 그의 세계와 인맥 속에 살던 그녀는 그의
그런 모습을 불편해하지 않는 것 같았다. 워낙 사교적이고
낙천적인 사람이어서 전남편의 지인 중 하나에 불과했던
나와도 친구가 될 수 있었다. 아무 문제 없이, 늘 명랑하게만
살아가는 듯 보였던 그녀가 이혼 소식을 알렸으니 놀랄
수밖에 없었다. 하지만 마음 다른 한편에서는 올 것이
왔다고 생각했다.

나와 그녀가 친구로 지낸 시기만 되돌아보더라도,
그녀는 빠른 속도로 변화하고 성장하고 있었다. 아직
이십대인 그녀는 전남편을 떠나 자신만의 세계를 구축하고
싶어했다. 어리고 미숙했던 날들을 전부 전남편과 지내온
터라 혼자만의 시간을 가진 적이 없었다. 그의 테두리를
벗어난 삶이 무엇인지 모르고 살아왔다. 그간 모른 척했던
내면의 술렁거림. 그것이 멈추지 않았기에 그녀는 한껏
자라난 자신을 있는 그대로 받아들이기로 했다. 바로
그녀만의 삶을 계획하기. 그러한 성장이 내게는 자연스러워
보였으나 그녀와 오랜 시간 함께한 남자에게는 엄청난

배신으로 느껴진 것 같았다. 그녀의 전남편은 변화한 그녀를 비난했다. 그는 자기 욕망에 솔직하기로 선언한 여성들에게 따라붙는 진부한 단어들을 동원했다. '가정'의 안정을 추구하는 대신 '밖'으로 나도는 그녀가 얼마나 이기적인지, 희생의 미덕을 모르는 여자라고 되풀이해서 말했다. 특히 페미니즘 광신도가 되었다며 몹시 분개했다.

"페미니즘 때문에 이혼을! 제길, 몹쓸 사이비신앙 같은 페미니즘!"

둘 사이의 진실은 아무도 알 수 없다. 그러니 그녀가 내팽개치고 달아난(그의 표현에 따르면) 결혼의 책임과 의무가 무엇인지, 당사자가 아닌 내가 자세히 알 수는 없다. 하지만 갑자기 더 저열한 모습을 보이는 쪽이 그녀의 전남편임은 분명하다. 그가 분노하던 그 순간 평소 품고 있던 편견과 가부장적 삶의 태도가 여과 없이 쏟아져 나왔기 때문이다. 그에게 이혼은 곧 실패, 낙오였다. 자신과 다른 가치관을 가진 사람에게는 가차 없는 비난과 훈계를 늘어놓는 안타까운 사람. 그가 '좋은 사람이 되라는 채찍질'이라며 그녀에게 쏟아낸 말들은 정말 폭력적이었다. 그는 이혼이 본인 탓이 아니고 그가 잘 아는 '순진했던' 여자의 탓도 아닌, 기이한 사상에 물들어 일어난 일이라고 착각하고 싶은 것일까.

사실 내 친구는 딱히 페미니즘 서적을 읽거나 관심을 둔 적이 없다. 페이스북 게시글이나 뉴스를 보며 '여자로 사는 세상'을 느끼고 있을 뿐이다. 이제 막 깨어나서 꿈틀대는 성장의 욕망에 충실하고 싶어서 자신이 원하는 바를 솔직히 이야기하고 있는 것이다. 허나 그녀의 전남편은 아직도 그녀를 스스로 목소리를 낼 줄 모르는 인형으로 대한다. 생생한 영혼으로 세상을 살아갈 줄 모르는 미숙한 존재라고 폄하한다. 그가 자연스럽게 누리던 자유, 변화의 추구, 성장은 왜 결코 그녀의 것이 될 수 없을까. 그들 관계의 유일한 진실이 있다면, '그녀는 더 이상 당신을 사랑하지 않는다'는 것이다.

이별의 사유는 페미니즘이 아니라 그녀의 입을 틀어막고 종속을 요구하는, 슬픔과 분노를 헷갈려하는 남자의 어설픈

비난이다. 나의 친구. 헌 여자 아닌 늘 새로운 여자. 그녀의 인생은 다시 시작될 것이다. 찬란하게. 나는 그가 절대 이해할 수 없는 언어로 그녀에게 속삭이고 싶다. 언제나 새로운 그녀의 영혼을, 잊지도 잃지도 말라고.

반쪽이처럼

"너도 프리랜서 나도 프리랜서, 둘 다 집에 있으면 같이 육아를 해야지 왜 나만 노동량이 많은 거야?"

공동육아를 꿈꿨던 여자는 소리를 질렀다. 아이를 낳자 꿈은 그냥 꿈일 뿐임을 깨닫게 되었다. 일단 '아이를 본다'는 개념이 서로 달랐다. 여자에게 육아는 감정노동과 육체노동이 동시에 진행되는 것이었다. 그녀는 아이를 돌보면서 기저귀가 얼마나 남았나 체크하고 젖병을 씻어야 했다. 계절에 맞는 내의를 검색하고 유아 발달에 맞는 책 후기도 읽었다. '또 외식하면 나는 나쁜 아내일까' 자책도 해야 했고 우울함이 찾아오면 '난 모성애 같은 거 없나봐' 눈물만 펑펑 쏟았다.

반면 남자는 말 그대로 '보았다'. 무엇을? 자신의 유전자를 물려받은 아이를 두 눈으로 똑똑히 보았다. 그에게 육아란 그런 것이었다. 준비된 육아용품으로 아이를 관찰하고 놀아준 뒤 의기양양한 표정을 짓는 것. 그는 자신의 아내가 관습적인 역할을 충실히 수행하길 바랐고 가끔 '가부장적이지 않은 자신'을 칭찬해주길 바랐다. 육아를 돕는 나, 집안일을 돕는 나, 여러모로 아내를 '돕는' 자신이 대단하게 느껴져서 대놓고 조력자로 머물기로 했다. 조력자가 아닌 동료를 원했던 여자는 화가 났고 매일 싸우던 부부는 결국 이혼하게 되었다.

"난슬이 글을 여러 편 읽었는데 제 기억과는 매우 다릅니다."

딸의 면접일. 옛 장인을 만난 전남편은 억울하다는 듯이 말했다. 나의 묘사는 가혹하고 일그러진 것이라 일축했다. 그에게는 전혀 다른 버전의 현실이 놓여 있었을 수도 있다. 그러니 그가 과거에 얼마나 노력했는지 알아주길 원하는 것 아닌가. 하지만 뒤늦게 중립적인 기억을 요구해봐야 세상에 그런 것은 없다. 각자가 느낀 현실의 결이 달랐다는 것만이 진실이다. '우리 둘 다 육아가 정말 힘들었구나.' 합의할 수 있는 문장은 대충 이런 정도다.

〈여성신문〉에 연재되었던 만화 《반쪽이의 육아일기》는 이상적인 공동양육이란 무엇인가를 보여준다. 출근하는 엄마를 대신해 집에서 딸을 키우는 아빠의 육아일기로, 명작인데 절판되어 아쉽다. 만화는 반쪽이 혼자 얼마나 멋지게 육아를 해내는가에 초점을 맞추지 않는다. 편견에 가득한 사람들의 시선과 부부 갈등, 페미니즘 이슈, 가부장적 한국 사회에 대한 풍자까지 담겨 있다. 출판 당시 초등학생이었던 내게는 더없이 훌륭한 페미니즘 입문서였다. 나는 지금까지도 누렇게 변한 《반쪽이의 육아일기》를 종종 꺼내 읽는다.

일러스트레이터의 시선으로 보면, 내용만 대단한 것이 아니다. 심플한 작품인가, 무심히 봤다가는 작가의 디테일 묘사에 혀를 내두르게 된다. 아이의 발달과정에 따라 달라지는 외모와 움직임의 표현이 생생하고 따뜻하다. 딸에 대한 애정이 묻어나는 글과 그림은 비단 육아·생활

만화라는 장르에 가둬놓고 보지 않더라도 가히 최고에 속한다고 단언할 수 있다.

내가 《반쪽이의 육아일기》를 극찬하는 또 다른 이유는 그들이 해낸 일이 얼마나 어려운 것이었나 절감하기 때문이다. 육아는 부부 두 사람의 몫. 이 지당한 문장은 왜 아직도 당연하지 않을까. 만화를 읽던 초등학생이 네 살 아이의 엄마가 될 때까지, 뽀얀 종이의 만화가 변색되어 페이지를 뱉어낼 때까지도 현실은 크게 달라진 것이 없다. 그래서 그들의 사소할 수 없는 기록, 절판되어 잊힐 수 없는 이야기가 더 소중하게 느껴진다.

만약 저항의 육아, 《반쪽이의 육아일기》가 재발간된다면 나는 전남편에게 선물하고 싶다. 우리가 살았고, 또 실패한 삶의 일면을 돌아보기 위해 그 책을 읽어보라고 권하고 싶다. 끝없는 가치관 테스트와 진실 논쟁으로 서로를 미치게 만들 필요도 없이 딱 두 가지만 묻고 싶다. 우리는 반쪽이 부부만큼 치열했는가. 딸이 어떤 현실에서 살아가길 바라는가. 한때의 연인, 이제는 아이로 묶인 인연의 남자는 과연 뭐라고 대답할까?

Senan

양육비 들어온 날

매달 전남편에게 받는 딸의 양육비 이십만 원. 돈이
들어온 것을 확인할 때마다 나는 매번 안심하고 또
안심하는 스스로에게 화가 난다. 어떤 감정에 무게를
실어줘야 할지 모르는 채로, 나는 수많은 질문들에
둘러싸인다.

"한국에서 이혼하고 양육비 안 주는 남자들이 얼마나
많은데, 양육비 준다는 거 자체가 아주 나쁜 아빠는
아니라는 거지."

누군가의 말처럼 전남편은 아주 나쁘지 않은, 반올림하여
'좋은' 아빠인지도 모른다. 나는 깊게 심호흡을 한 뒤,
이혼 당시의 상황을 떠올려본다. 친권·양육권만 준다면

위자료도 양육비도 필요 없다고 선언한 건 나였다. 어쩌면 어수룩한 대처에 비해 꽤 괜찮은 금액을 받고 있는 거 아닐까? 소모적인 부부관계를 청산하고 싶다는 마음이 이성을 지배했던 시기, 법원에서 최저 양육비라도 받아야 한다는 조언을 듣지 않았다면 이 정도의 돈도 못 받지 않았을까? 합의된 양육비조차 주지 않는 사람들이 태반이라니, 금액이 얼마든 매달 양육비를 받는 것만으로도 다행이 아닐까? 그런데 왜 나는 감지덕지한 이십만 원을 받고도 때때로 화가 나는 걸까?

힘들지만, 전남편의 입장도 상상해본다. 위자료도 양육비도 필요 없다고 했던 내가 최저 양육비는 받아야겠다고 하자 그는 발끈했었다. '형편이 나아지면 아이를 사랑하는 만큼 달라'던 이상적인 약속이 어그러져 불만이 생겼을 것이다. 좋게 생각하자면, 아이를 사랑하는 자신의 마음이 일정 액수로 고정되는 것이 싫었을지도 모른다. 돈 많이 벌면 더 많이 주고 싶은데, 그런 자신을 믿지 못하는 일관성 없는 나의 태도에 화가 났을 수도 있다. 험하게 넘겨짚자면, 외가에 얹혀살 딸이 배를 곯지 않으리라는 확신이 있어서, 나에 대한 미움 때문에 돈이 아까웠을 수도 있다.

법정에 선 그의 진실이 무엇이었든 지금의 그는 성실하게 약속을 지키고 있다. 나는 사람들 말처럼, 그가 이 십만 원이라는 돈으로 부성애를 꼬박꼬박 입금하는 것에 고마움을 표해야 하는지도 모른다. 이혼한 뒤 아이를 소홀히 대하는 남자들도 많다던데 적어도 전남편은 아이를 자주 만나고 싶어하니까. 사실 그것만으로도 참 감사한 일 아닐까? 전남편이 자신의 혈육을 잊지 않은 것도 감사! 비정하지 않은 것도 감사! 최저 금액으로 마음을 표현하는 것도 감사!

나는 감사하고 싶지 않다. 최소한의 책임, 최저의 금액. 최악이 아닌 것을 이유로 고마워하고 싶지 않다. 최악을 평균으로 삼는 사회, 관대한 부성애 기준에 고개를 끄덕이고 싶지 않다. 나는 전남편이 좋은 아빠가 되기 위해선 감정적·재정적으로 더 많은 참여를 해야 한다고 생각한다. 딸에 대한 애정, 추상적인 감정을 물질과 시간으로 환전하는 적극성을 보여야 한다고 믿는다.

그의 경제력을 고려한 양육비는 인정하더라도, 노력의
결핍마저 눈감아주고 싶진 않다. 손님처럼 구는 옛
배우자에게 부모로서의 역할을 환기시키는 일 역시 결국
친권·양육권자의 몫인 걸까? 부당함의 근거를 찾으며
해결책을 고심해도 여러모로 마음이 편치 않다. 질문이 낳은
질문들이 나를 물고 늘어진다.

그런 슬픈 표정 하지 말아요

나는 괜찮은데 사람들의 표정은 어째서 엄숙한가.

"과거의 아픔이 뭐야?"

이혼 3년차, 나는 멀쩡하게 살아가며 이혼을 주제로
농담까지 한다. 하지만 내가 이혼이란 단어를 꺼낼 때마다,
아직도 안쓰러운 표정을 짓는 사람들이 있다. 마치 그것이
이혼이란 단어의 반사작용이거나 예의인 것처럼 말이다.
물론 비극의 당사자는 대화의 주체일 수 있으나, 나머지
사람들은 그 주제에 대해 신중해야 한다는 생각 때문에
그럴 수도 있다.

사람들의 그런 마음을 다 알면서도 '이혼 농담'으로 착
가라앉은 분위기를 감당해야 할 때면, 나는 난감해진다.

나 스스로가 이혼이란 별에서 온 괴생명체 같다. 이혼을
말하는 행위 자체를 나의 과거를 과장하거나 대화 자리에서
튀려는 시도로 보는 것 같아 기분이 찝찝하다. 마음이
삐딱한 날엔 사람들이 억지로 나를 불행한 사람으로 만들고
싶어하는 듯이 느껴지기도 한다.

'당연히 이혼 후 네 삶엔 슬픈 이야기밖에 없을 거야,
그렇지?'

나의 유쾌함을 무시하고 슬픈 이야기만을 기대하는
눈빛들, 언제나 징그럽다. 비교적 짧은(딱히 자랑스러운 건
아니지만) 결혼생활을 정리한 사람에게, 그것도 삼 년이나
지난 이혼에서 비극을 기대하다니. '사랑과 전쟁'풍의
뜨거운 김이 솟아나는 막장 드라마? 그런 시절이 없었다면
순 거짓말이지만, 이제는 다 끝난 이별이고 매듭지은
감정이기에 농담도 할 수 있는 것이다. 물론 전남편이
무자식 상팔자처럼 사는 것이 부러워 배가 아프고, 매우
부조리한 양육비 금액 때문에 화가 나는 날은 종종 있다.

내게 그런 감정들은 이혼으로 인한 슬픔이라기보다 일상의 스트레스에 가깝다. 애증의 감정이 결여된 사무적 분노랄까.

결혼생활의 힘든 점을 내게만 비밀로 하던 친구도 있었다. 이혼을 주제로 농담이나 하는, 나 같은 사람은 절대로 원만한 결혼을 위해 노력하는 자신을 이해 못하리라 확신한 것이다. 그녀는 이미 한참 전부터 나를 '이혼 영업'에 뛰어든 세일즈맨 정도로 여겼는지도 모른다. 이혼 후의 생활을 즐겁게(항상 슬프지 않은 점 죄송합니다) 광고하며 결혼과 가족의 의미를 무시하는 불온분자…

그런 오해가 싫으면 이혼에 대해 말하지 않으면 되잖아? 남편이었던 사람과 헤어진 것은 옛날이지만, 이혼이란 상황은 내게 일상이다. 이혼 후 건설된 삶, 정확히는 이혼 후 주 양육자가 된 상황이 내게 일상이다. 친구들과 만나서 나의 일상에 대해 말하지 못한다면 그것이 더 부자연스러운 거 아닐까. 떠들면 떠들수록 이혼에 편견이 옅어질 거라 믿는 내가 이상한 걸까.

나는 사랑했었던 사람과 헤어졌을 뿐, 범죄를 저지르지 않았다. 아무리 생각해도 이혼을 숨길 이유가 없다. 엄숙히

금지할수록 이혼이란 단어는 내 안에서 더 높이 솟구칠 뿐이다. 이혼은 나를 구성하는 인생 경험 중 하나일 뿐이지, 침묵으로 지킬 비밀이 아니지 않은가. '죽은 관계가 낳은 새 삶'으로 크게 웃어보고자 농담하는 나는, 살짝 경박(유쾌)할지언정 결코 슬픈 사람이 아니다.

딴 데 간 싱글

"착한 돌싱 한번 찾아봐. 재혼해서 잘 사는 사람들도
많다더라. 돌싱에게는 또 돌싱들의 세계가 있더라고."

가끔 듣는 얘기다. 애정 섞인 조언이지만 마치 나를 조각
잃은 퍼즐로 대하는 것 같아 기분이 씁쓸하다. 게다가
끼리끼리 잘해보라는, 동일한 조건을 가진 사람을 만나야
관계가 성사될 것이라 말하는 몇몇 지인들의 편견을
소화하기도 쉽지 않다. 이해는 한다. 이혼이라는 아픈
과정을 거친 사람들끼리 말이 잘 통하는 것이 사실이긴
하다. 그러나 돌싱을 결핍된 종족쯤으로 여기며 제한된
범주 내에서 그 빈틈을 채워보라는 사람을 만나면 몹시
피곤하다.
돌싱. 돌아온 싱글. 농담처럼 가볍게 오가는 단어를 듣고

제법 진지하게 상상해본다. 이혼한 사람들이 돌아온 곳은 어디일까. 다시 싱글이 되었으니까, 가기(결혼) 전에 머무르던 장소로 온 것일까. 슬프고 웃긴, 기묘한 광경이 머릿속에 펼쳐진다. 누군가 그 문제의 장소 입구에 서서 돌아오는 사람들에게 인사를 해준다면 어떨까. 수만 번 되풀이했을 위로의 말로 돌싱 월드의 입소 절차를 밟아주는 이름 없는 자원봉사자.

"아이고, 수고 많으셨습니다. 상처, 분노, 비탄, 우울도 데리고 오셨네요. 어쩔 수 없지요. 대부분 그래요. 그래도 일단 홀가분한 분들부터 두고 가셨던 싱글 배지를 다시 달아드리겠습니다. 이번엔 행운이 따르길 바랍니다. 여러분도 아시겠지만 돌아오신 이곳은 예전과는 조금 다릅니다. 개인적으로 '돌아왔다'는 표현은 정확하지 않다고 생각하지만, 인간은 누구나 돌아갈 장소가 필요한 것 같아 붙인 이름입니다. 돌아온 곳은 안전하지요. '딴 데 간 싱글'은 어감도 안 좋고 위험하게 들리지 않습니까. 아이가 있으신 분들은 A섹션으로, 혈혈단신인 분들은 B섹션으로 가세요.

재혼의 이혼율이 초혼보다 높다고 하지만 우리는 늘 꿈을
품고 살아야죠. 대중매체의 영원한 테마, 치유로서의 사랑,
가족애, 정상성 회복. 이걸 이룩하신 분들의 커플사진은
재혼의 전당에 가시면 보실 수 있습니다. 둘러보시고
영감과 투지가 샘솟는 걸 느껴보세요. 아, 그리고 제일
중요한 얘기가 있습니다. 나는 혼자라도 완전하다,
결혼은 부조리다, 라고 생각하시는 분들은 X섹션으로
가시기 바랍니다. 기본적으로 격리병동입니다. 삐딱한
부적응자들이 모인 곳이죠. 어이! 거기 어린 딸에 고양이도
있으면서 '고독해도 괜찮아' 허세 떠는 여자분, ("저요?")
그쪽으로 이동하시는 게 좋겠네요. 우리 돌싱 월드에서는
불온한 사상을 가진 분들이 악영향을 줄 것을 염려해서
빠른 조치를 취하는 편이니까, 대의를 위해서 좀 잽싸게
움직여주시죠."

상상 속의 나는 당황한다.

"저요, 전 사랑이 좋아요. 미래의 연인도… 마음의 준비가

되면 환영이에요. 하지만 내 곁에 꼭 누군가가 있어야만 과거 완전 회복, 애정형 인간으로 보일 것이란 압력에 나를 맡기고 싶진 않아요…"

할 말이 많아서 얼굴이 벌개졌는데 나는 그만 쫓겨나고 만다. 내가 아주 모르는 곳으로.

이혼, 고통스러웠던 과거와의 작별. 거친 물살을 뚫고 겨우 헤엄쳐 나온 사람에게, 몸이 마르기도 전에 짝을 찾으라는 종용이 답답하게 들리는 것은 나쁠일까. 내 두 발로 홀로 선 곳에서 천천히 고독을 음미할 시간도 주지 않고 사랑을 포기하지 말라고 이야기하는 것. 그들이 말하는 사랑이 진짜 사랑일까. 싱글은 커플의 전 단계, 불안과 미완의 상태라는 통념은 한참 과거의 것이 아니었던가. 내가 누구를 만나든 만나지 않든, 나의 결정과 의지가 제일 중요하다. 그것이 당연하다. 나는 킥킥 웃으며 "이혼녀예요, 돌싱입니다", 싱겁게 굴기도 하지만 마음 깊은 곳에서는 이렇게 외치고 있다.

'내게는 아무도 사랑하지 않을 권리가, 모두를 사랑할 권리가 있어. 바로 내 상처와 욕망이 부여한 권리 말이야. 그런 의미에서 나는 딴 데 간 싱글이고 그곳의 규칙은 내 맘대로야!'

틴더에 들어가봤어

이혼한 지 얼마 되지 않았을 때 친구들은 물었다.

"혹시 만나는 사람 있어?"
"없어."
"그래 아직 이르지."

이혼한 지 일 년이 지났을 때 친구들이 다시 물었다.

"요즘은 누구 만나?"
"아무도."
"이제 슬슬 좀 만나."

이혼한 지 삼 년이 다 되어가자 친구들이 걱정스럽게

물었다.

"아직도 아무도 안 만나는 건 아니지? 안 만나?"
"네 추측이 정확해."
"야! 너무한다. 만나! 만나! 누구라도 만나! 섹스는?"

연애기계처럼 살다 이혼 뒤에 연애를 하지 않자, 처음에는
그저 의아하게 여겼던 친구들이 경악하기에 이르렀다.

"아무리 애가 있어도 연애는 하고 살아야지, 회사 다니는
사람들은 잘만 하던데. 네 전남편도 할 텐데, 이혼의 상처가
컸니? 요즘 괜찮은 사람 찾기가 힘들긴 해. 그래도 다들
연애하잖아, 우리 아직 연애할 나이야. 나중에 나이 들면
그때 왜 연애 안 했나 후회한다잖아. 한 살이라도 젊을
때 더 으쌰으쌰해야지. 사귀지 않아도 되잖아. 우리 그런
거 따지는 사람들 아니잖아? 연애를, 섹스를, 아니 참
연애를…"

쉴 새 없이 쏟아지는 연애의 필요성(이라고 쓰고 섹스의 중요성이라 읽는다)에 대해 들으며 나는 열심히 맞장구를 쳤다. 오르가슴이 건강에 좋다는 이야기가 제일 인상 깊었다. 나도 이제 건강을 챙겨야 하는데, 비타민 챙겨 먹으면 뭐 하나 오르가슴이 없는데. 상대적 섹스 박탈감이 들자 멀쩡했던 마음에 쓸쓸함이 깃들었다. 갑작스레 경쟁자로 떠오른 전남편이 화려한 연애생활을 누리는 것에 대한 분노도 솟구쳤다. 준비, 탕! 이혼의 시작을 알리는 소리를 듣고 같은 레이스에서 뛰었는데, 연애에서만큼은 엄청난 차이로 지고 있다는 생각이 들었다.

"루저, 외톨이, 섹스리스 싱글맘…"

원래 가사가 이게 아닌데… 빅뱅 노래가 입가에 맴도는 저녁. 침대에 대자로 누워 친구들과 나눈 대화, 전남편의 연애 독식에 대해 생각하다 핸드폰을 꺼내 데이팅 앱 틴더를 검색했다. 혼자인데도 뭔가 낯부끄러운 기색을 숨기며 다운로드를 하고 떨리는 마음으로 틴더에 들어갔다.

페이스북 로그인? 그래, 까짓것. 고양이 가면을 쓴 페이스북 프로필로 내 건강 챙길 파트너를 구할 수 있을까 싶었지만, 가벼운 마음으로 시작하고 싶어서 로그인을 했다. 뭔지 모르겠지만, 수많은 남자들의 프로필이 나타났다. 순식간에 수많은 남자들이 내게 대시한 듯 느껴져 쑥스럽고 당황스러웠다. 손가락으로 남자들의 사진을 넘기면서도 미안한 마음이 들었다.

'아닌 거 같아. 아닌 거 같아. 님도 아님. 근데 혹시…'

틴더에 뜬 남자들 역시 내 프로필을 넘겨보며 똑같은 짓을 하고 있으리란 생각이 들자 등 가운데로 식은땀이 흐르는 것 같았다. 다들 5초 만에 내 고양이 가면을 넘겨버릴 것이 분명했다. 그렇다고 뷰티 앱으로 찍은 셀카를 올리며 연애 시장에서의 나의 위치를 확인하고 싶진 않았다.

'이러지도 못하고 저러지도 못하는 나. 슬프네 진짜.'

쌉쌀함, 슬픔, 민망함이 한데 엉켜 가슴을 내리눌렀다. 포기하자는 마음이 고개를 드니 삼 년간 나를 지탱해준 자기검열과 청교도적 마인드가 재빨리 등장해 내게 훈계를 시작했다.

'참 구차하고 절박하다. 뭐 하는 짓이니. 너는 이러어어어케에 섹스가 하고 싶니? 애도 있는데?'

부끄럽고 부끄럽도다. 나는 급하게 틴더를 닫고 아예 삭제해버렸다. R. I. P 틴더. 내겐 너무 벅찬 앱. 이제 나는 어떻게 섹스하면 좋을까? 미래의 나는 지금의 나를 얼마나 원망할까?

다시 루저, 외톨이… 내 맘대로 개사한 빅뱅의 노래를 부르려다 얼마 전에 받은 선물이 떠올랐다. 혼자 가는 오르가슴 여정의 동반자, 무려 바이브레이터를 선물로 받았던 것이다. 난 당당하고 능동적인 여성이며, 건강해질 권리도 있다. 사실 인간의 체온은 과대평가받아왔다. 나의 성감대를 제일 잘 아는 것은 바로 나다. 오르가슴 척척박사.

신이 나서 바이브레이터를 찾아 방 여기저기를 뒤지는데, 불현듯 그것이 집에 없다는 사실이 떠올랐다. 선물해준 사람의 이야기가 기억났다.

"선물로 바이브레이터를 샀는데 오늘 가져온다는 걸 깜박했어요. 사무실의 A씨한테 맡겨놓을 테니까, 나중에 꼭 들러서 찾아가세요."

친애하는 바이브레이터 씨에게

　내가 이런 사람이 아닌데… 당신을 생각하며 늘
중얼거려요. 어째서 당신을 만나러 가는 것이 부끄럽고
어려운 일이 되어버렸을까요? A씨에게 메일을 쓰며 수시로
당신의 안부를 묻곤 하지만, 당신을 만나고 싶다고, 엄연히
나의 소유인 당신을 어서 달라고는… 차마 말할 수 없네요.
나의 소심함과 위선이 당신과 내 사이를 더욱 멀어지게
만드는 것 같아 오늘도 가슴이 아픕니다.

　미세먼지가 없는 화창한 날이면 저는 당신 있는 방향을
한참 바라본답니다. 푸른 하늘을 지긋이 바라보면 그리운
당신이 우웅 떨며 달려올 것 같아 가슴이 설레곤 하죠.
내가 바라보는 하늘이 무슨 색이든 당신이 있는 사무실
서랍 안쪽은 언제나 회색이라는, 차가운 현실을 알고
있으면서도요. 낯선 사무용기들에 섞여 굴러다닐 당신도

내가 그리울까요? 나라는 사람의 존재도 모르겠죠. 그리고 바로 그런 이유 때문에 내가 당신을 더 필요로 하는지도 모르겠어요. 당신은 영원히 나를 알 수 없으니까.

언젠가 몸을 섞을 사이라고 상상하면서도 우리의 관계가 제한적이라는 것을 알기에 두려운 마음은 들지 않아요. 내가 당신을 필요로 하는 이유는 지극히 현실적이죠. 우리가 만나는 목적은 단 하나, 바로… 내 건강을 위해서죠. 지구 모든 여성이 마땅히 누려야 할 오르가슴, 건전하고 당연한 쾌락을 위해 우리가 만나는 거잖아요. 당신 입장에서도, 당신의 소명을 다하는 일이니(건전지만 있다면) 기쁘지 않겠어요? 혹시나 우리가 만나고 나면 내가 당신에게 무심하게 굴 거란 걱정은 하지 말아요. 당신의 매뉴얼을 읽고 작동방식을 익히고 은신처를 마련하고 늘 청결을 유지하도록 성실히 돌봐줄 테니까요. 최소한의 애정으로 최대한의 기쁨을 누리고 싶거든요.

'영원히 나를 모를 당신이 좋다.'

OFF 모드의 긴 잠을 자고 있을 당신은 절대 이런 나를 비난하지 않겠죠. 내일은 정말 용기를 내어 A씨에게 전화라도 걸어야 할 것 같아요. 내 것인 당신을 내 품으로 불러들일 시간이 된 거죠. 만나고 만나고 또 만나도 절대 나를 알 수 없는 당신을 이제, 만나려 합니다.

"A님! 저 정새난슬인데요. 하하하, 아뇨, 아뇨, 바이브레이터 때문에 전화한 거 아니고요. 그건 급한 거 아니니까… 천천히 받아도 돼요. 그냥… 잘 지내시나 싶어서요. 네? 그럼 그날 만날까요? 바이브레이터는 뭐, 꼭 갖고 나오시지 않아도 되는데… 선물 준 분 성의가 있으니까 받긴 받아야 하는데 말이죠. 꼭, 당장, 필요한 건 아니에요. 정말… 정말 아니에요."

엘리자베스 테일러, 언젠가의 애인

꿈에 엘리자베스 테일러가 나왔다. 사람들이 그녀의
눈동자는 보라색이라고 했는데 정말이었다. 나는 그녀가
출연한 영화를 본 적이 없다. 그녀에 대한 가십만을 알고
있을 뿐이다. 수도 없이 결혼과 이혼을 반복한 사랑의 역사,
그녀의 화려한 스캔들을 머릿속으로 복습하고 있자니 나
스스로가 추잡하게 느껴졌다. 어쩐지 죄스러워 몸을 배배
꼬았다. 미안하다고 해야지, 마음만 먹었을 뿐 어설픈
영어로 대화를 시도하지도 않았는데도 엘리자베스 테일러는
다 안다는 듯 "그래, 사람들이 수군거렸지" 나를 바라보며
말했다. 나도 사랑에 실패한 기분을 안다고 말하려는데
엘리자베스 테일러가 내 입을 막았다.

"이봐, 사람이 사랑을 배신하지 사랑은 우릴 배신한 적이

없어. 애인과 헤어진다고 사랑에 실패한 게 아니야. 우리는
사랑을 믿지 않을 때 사랑에 실패한다고."

  사랑의 전사, 불굴의 엘리자베스 테일러가 펼치는
사랑의 강론이라니. 나는 어이가 없고 놀라워서 이상한
소리로 웃었다. 온몸에 가벼운 미열이 느껴졌다. 귀 얇은
소비자처럼 '영원한 사랑'을 100개 구입하고 싶었다. 도대체
내가 뭐라고 그녀의 삶을 재단했던 걸까. 사랑을 포기하지
않았던 그녀의 삶은 치열하고 아름다웠을 것이다.

  "그러니까 너도 믿어야 해. 매번 기회가 올 때마다 난
덤벼들었어."
  "저는, 좀, 힘들 거 같은데요."
  "남들이 믿는 사랑의 정의가 뭔지 알게 뭐야. 나는 나만의
사랑의 룰을 따랐고 너도 할 수 있어."
  "그럴까요?"
  "응, 저기 멀리, '언젠가의 애인'이 다가오는 모습이 보이지
않아?"

그녀가 그렇게 이야기하니 내 눈앞에 어렴풋한 사람의 형상이 보이는 것만 같았다. 그가 몰고 오는 따뜻한 바람이 코끝과 얼굴, 양 어깨를 스쳐 지나갔다. "안녕?" 인사를 하려는 순간 아쉽게도 그는 사라져버렸다. 그 사람이 단 한 사람이었는지, 여러 사람의 모습이 겹쳐 보였던 것인지는 알 수 없다. 하지만 내 가슴은 이미 모르는 사람(들)에 대한 사랑과 기대로 넘쳤다. 해롭고도 달콤한 칵테일을 마신 듯 경직된 마음이 부드럽게 풀어졌다. 잦은 사랑은 사람을 피폐하게 만들 뿐이라며 코웃음 치던 나지만, 사실 누구보다도 사랑을 믿고 싶었던 것인지도 모른다. 짧거나, 길게, 어떻게든, 누군가와, 자꾸, 사랑에 빠지는 일. 그게 얼마나 황홀하고도 멋진 일인지 나는 잊고 있었다.

현실 속 연애의 결말이 어떤지 잘 알면서도, 엘리자베스 테일러 앞에 선 나는 어느새 사랑의 광신도가 되어 있었다. 끝은 언제나 새로운 시작. 사랑에 관해서만큼은 기이하리만치 낙천적인 사람이 되어보는 것도 나쁘지 않을 것 같았다. 오직 믿는 자에게 애인이 생기는 법. '언젠가의 애인'의 모습이 다시 내 눈에도 보이는 것 같았다. 나는 나만의 엘리자베스 테일러에게 마지막 질문을 던졌다.

"사랑을 많이 하고 결혼은 사양해도 되겠죠? 제게도
저만의 룰이 생겼거든요."

립스틱 검게 바르고

"날 위해 하얀 여자가 되어줄 수 없어?"

내게 황당한 부탁을 했던 남자가 있다. 가무잡잡 태닝한 피부에 밝게 염색한 머리, 짙고 얼룩진 눈 화장을 한 내게 하얀 여자가 되어달라니 순간 엄청난 저항감이 느껴졌다. 그가 말하는 '하얀'이란 태닝하지 않은 피부만을 이야기하는 것이 아니었다. 하얗고 투명하게 변하길 바란 것은 내 성향 그 자체였다. 나의 타투, 메이크업, 옷차림에서 드러나는 '기센 여자'의 기호들이 몹시 불편했던 것이다. 어쩌다 무서워 보이는 여자를 좋아하게 되었으나 그런 나를 받아들이기 힘드니 자신을 위해 내 가치관과 스타일을 탈색해달라는 것이었다. 교정한다면 사랑할 수 있을 것 같은 여자에게 보내는 마지막 호소였달까. 살갗을 태우지 않아도 본래

누렇게 태어난 나는(23호, 웜톤) "그럼 당신은 태산 같은 근육덩어리가 되어 까맣게 윤기가 흐르는 피부를 가지도록 노력할래?" 쏘아붙였다. 그리고 한마디 덧붙였다.

"당신 몸에 타투가 하나도 없으니 너무, 너무 시시해."

농담도 통하지 않던 관계는 즉시 끝이 났다. 결국 그는 "홍대나 배회하는 양아치"라는 훌륭한 낙인을 내게 선사했고 나는 기꺼이 받아들였다. 그때 개설한 블로그 이름이 '불량한 마이너리그'. 불온한 여자의 작은 간판은 꽤 호기로웠다.

그 후로 10년이 흘렀다. 러키서른쎄븐, 37세인 나는 여전히 같은 취향을 갖고 있다. 애인이 심쿵한다는 청순한 원피스, 부드러운 인상을 연출한다는 색조 화장품은 내 구매욕을 자극하지 못한다. 차라리 민낯에 뿔테 안경, 기능만 강조된 옷을 입고 아무것도 선언하는 바 없이 털털하게 돌아다니는 것이 낫다. 하지만 중요한 약속이 있는 자리엔 꼭 진한 화장을 하고 나간다. 마치 의식을 치르는

것처럼 진지하게 거울을 노려본다. 사람들은 민낯이 어떤 이의 본연의 모습인 듯 말하지만 나는 동의하지 않는다.

내게 스타일링이란 우연으로 갖게 된 육체에 새로운 정체성을 부여하는 작업이며 나 자신을 더욱 명료하게 만드는 행위다. 화장도 마찬가지다. 자연스러운 모습을 은폐하기 위한 수단이 아니다. 내가 원하는 나를 재현하고 잠들어 있던 인격의 다른 부분을 소환하는 과정이다. 타고난 육체를 초월하려는 허영? 분장으로 획득한 페르소나의 망상? 어찌 가꾸어도 자본주의의 딸? 그런 비난도 내겐 달콤하게 들린다. 매체가 권유하는 아름다움 주위를 맴돌다 비껴가기를 거듭하며 나만의 이미지를 찾으려는 시도를 하는 것이, 나는 재밌다. 신새벽의 탕아처럼 화려하고 피로한 얼굴을 그리고 타투를 드러낸 채 거들먹거릴 때, 나는 가장 나 자신에 가깝다. '있는 그대로의 나'란 그런 것이다. 타인의 취향에 거슬리지 않는 복식은 나의 안전함을 보장해주지만 어쩐지 굴욕적이다. '살살, 조용히 살아가고 있어요'라는 문구가 적힌 티셔츠를 입고 고개를 숙인 채 인파에 섞인 기분이다.

그렇게 이기적인 나는 세상 그 누구보다 바로 내 욕망을 충족시키는 사람이 되고 싶다. 그리고 내 몸에 끼얹은 기호들을 잘 읽어내는 사람과 연애하고 싶다. 우리는 가공된 껍데기의 천진한 천박함, 뒤틀린 인정 욕구를 전시하며 다정히 손을 잡을 것이다. 따가운 시선은 사랑의 장작.

　"당신만 당신을 할 수 있어."

　서로를 위한 간지러운 찬사를 보낼 수 있다면 얼마나 근사할까. 속절없는 인생의 코스프레, 오늘의 립스틱은 검정. 내가 립스틱에 붙인 이름은 '어쨌든 마이 웨이'다.

연쇄연애범

아주 오래 사귄 애인이 있었다. 그가 내게 사랑한다고
하면 나도 그에게 사랑한다고 했다. 공을 던졌으니
받아야지. 지루한 구기 종목을 연습하는 것 같았다. 어디로
던져질지 아는 공을 기다려서 받고 또 기계적으로 되던지는
동작을 되풀이했다. 사랑해, 나도 사랑해. 찌그러진 공을
주고받으면서도 우리는, 우리가 하던 일을 멈추지 못했다.
그동안 쌓아온 추억과 계획했던 미래가 사라지는 것이
두려웠다. 권태에 무너지는 인간이라는 사실을 인정하고
싶지 않았다. 열정이 증발한 대사를 반복하는 동안 관계는
악화되었지만 그나 나나 어떤 식으로 끝을 내야 하는지
몰랐다. 사랑해서 헤어지지 못하는 것이 아니라 서로가
의존적이었기 때문에 헤어지지 못했다. 둘 다 우리 관계를
끝낼 칼을 뽑지 못하자 다른 사람이 들어와 질기고 긴

연애의 끈을 끊어주었다.

그렇게 나는 새로운 애인을 갖게 되었다. 나는 다시
활기에 차서 그에게 팽팽한 공을 던졌다. 너무 사랑해,
나도 너무 사랑해. 나 대신 칼을 뽑아준 그와도 꽤 길게
사귀었다. 예전 연애와 똑같이, 공에 바람이 빠질 때까지
연애했다. 우리 관계를 끝내줄 누군가가 다가오길 기다리게
될 때까지. 다만 이번에는 우리에게 누군가가 찾아오지
않았다. 헤어질 수밖에 없는 사건이 찾아왔다. 불길한
예감을 무시하며 가짜 사랑을 나누었던 연인에게 운명이
벌을 준 것같이 느껴졌고, 그제야 나는 내 연애 패턴에
문제가 있음을 깨달았다.

과거의 나는 장기연애자였다. 오래, 오래 몇 안 되는
사람들을 비슷한 방식으로 사귀었다. 내 연애담을 들은 한
친구는 나를 순정파라고 부르며, 오랜 관계를 지속할 줄
아는 능력과 매력은 좋은 것이라고 말했다. 가벼운 만남
대신 진지한 관계를 선호하는 것은 결코 부끄러운 일이
아니라고도 했다.

착각은 자유지만 진실은 하나. 내가 부끄러워하는 데는 이유가 있다. 내가 맺었던 모든 관계가 사랑보다는 의존성에 기초했다는 것을 알기 때문이다. 장기연애를 가능하게 만든 능력의 본질은 사실 능력이 아니었다. 치명적인 결핍이었다. 기대고, 숨고, 머무르고 싶은 마음에서 전개된 연애는 사랑이라기보다 습관에 가까웠다. '사랑의 도피' 아닌 '나로부터의 도피'. 인생을 홀로 마주하고 싶지 않다는 두려움이 없었다면 나는 고질적 장기연애병에 걸리지 않았을 것이다.

나는 상실의 아픔을 겪으며 새로운 삶을 계획하기보다 익숙한 고통과 권태 속에서 살아가는 법을 배우려고 했다. 새로운 애인의 등장을 구원처럼 기다리며 낡은 연애를 지속했다. 의존적이고 용기가 없어서. 또 이기적이고 지독하게 게을러서. 서로에게 더 큰 상처가 남겨질 것을 알면서도 당장의 아픔이 두려워 눈앞의 현실을 회피했던 내가, 차라리 연쇄연애범이 되었더라면 어땠을까.

연쇄연애범은 찰나의 기쁨도 죄책감 없이 즐긴다. 욕망에만 충실한 뜨내기처럼 보일 수도 있다. 하지만 나는 때때로 그런 사람이 더 진실하게 느껴진다. 관계를 멈출 브레이크를 밟을 수 있는 능력이 부럽다. 자신의 삶으로부터 도망가지 않기 위해 불필요한 관계로부터 달아나는, 아이러니한 도피가 가능한 사람. 상한 관계에 질질 끌려 다니느니 나쁜 역할을 자처하고 관계를 끝장낼 수 있는 사람.

나는 너무 오랫동안 애인의 머리카락을 세는 여자처럼 살았다. 언젠가 진정한 사랑에 대해 다 알 수 있으리라 스스로를 속이며 제자리에 머물렀다.

이제 나의 장래희망은 '연쇄연애범'이다. 답답한 장기 연애 전공자의 황홀한 판타지 속 그녀는 현재에 몰두하는 초능력을 갖고 있다. 그녀는 잿더미가 된 연애 현장의 거울에 적갈색 립스틱으로 그래피티를 남기는 예술가이며, '그대 내게 전화 마오' 마침표 없는 문장을 파트타임 러버에게 선물하는 작가다. 자기 연민과 의존성을 내던지고 유유히 자취를 감추는 완전연애의 범죄자이다. 그녀는 절대 유혈 낭자한 사랑에 대해 지루한 변명을 늘어놓지 않는다.

사랑만이 자신의 가치를 입증할 인생의 주제라며 떠들지
않는다. 그녀에게 사랑은 인생의 예측불가성으로부터
숨기 위한 은신처가 아니다. 욕망의 태풍을 겁내지 않는
그녀는 소용돌이치는 사랑의 계절을 즐길 줄 안다. 지나간
열정을 음미할 줄도 안다. 홀로 버텨야 한다고 슬퍼하는
대신 혼자여도 행복한 시간을 축하하며 스스로를 돌본다.
무엇보다 그녀의 가장 훌륭한 점은, 자신의 인생을 똑바로
바라본다는 것이다.

평판 나쁜 엄마

Senarg

엄마 그만두고 싶은 날

자주 딸의 정수리 냄새를 맡는다. 한 번도 가지 못한 곳, 그러나 늘 그리워했던 곳의 냄새를 풍기는 정수리에 코를 묻으면 말로 설명하기 힘든 유대감과 사랑이 마음속에서 모락모락 피어난다. 내 품에서 꼼지락거리는 아이의 온도는 따뜻하고 다정하다. 세상에서 제일 예쁜 사람. 또 최고로 웃기는 사람. 딸이 기발한 말들을 종알거릴 때마다 어깨를 들썩이며 껄껄 웃는다.

"너 너무 웃겨, 진짜 멋있어."

아, 모성애는 신성함 그 자체! 한 아이의 어머니가 됨으로써 여성으로서의 삶이 '완전'해지고, 아이와 함께 성장하며 더 '깊은' 인생이 눈앞에 펼쳐질 거라던 사람들의 말을 난 전혀 믿지 않았었다. 그런데 내 새끼가 있는 지금은 어떨까? 그야 당연히, 지금도 믿지 않는다. 왜냐면 진실이 아니니까. 엄마들의 사랑과 투쟁. 그 치열한 일상을 싸잡아 미화시킨 모성 신화는 정말 헛웃음 나는 이야기다. 퇴로가 없는 어미의 길 위에 선 수많은 여자들. 점점 길어지는 '당연한 희생'의 리스트와 피로, 박탈감, 정체성 혼란에 대한 성토는 정말 단죄되어야 할 여성의 미성숙함이고 이기심일까. 평생 숨기고 살아야 하는 부덕일까.

"너 나한테 왜 이래?"

사랑스럽던 딸의 반전. 유아가 부릴 수 있는 심술과 근력의 최대치를 발휘하며 소리를 지르고 나를 때린 날 나는 아이에게 그렇게 물었다.

"그러니까 나한테 왜 이러는 거냐고."

감정조절이 안 되는 유아와 감정조절에 실패한 삼십대

후반 여성의 소용없는 대화. 모성과 이성이 사라진 자리에는 억울함과 분노가 자리를 잡고 앉아 있었다. 차마 뱉지 못하고 억지로 삼킨 말은 '왜 내가… 아무것도 못하고 이렇게 사는데'. 참 처량한 나의 붙박이장 인생. 억압되고 삭제된 욕망들이 갑자기 고개를 들어 아이와 함께 비명을 지르는 것 같았다.

'너 이런 사람 아니었어. 네 정체성과 이상은 영영 돌아오지 않을 거라고!'

자기 연민에 빠져 구명조끼도 없이 허우적거리고 있노라니 이런 생각마저 들었다. 정말. 엄마. 그만하고 싶다. 육아의 블랙홀, 똑같이 반복되는 삶을 찢고 예전의 나로 돌아가고 싶다…

꽤 대단했다는 듯이 회상하는 과거의 나는 내가 기억하는 방식으로 존재하지도 않았다. 게다가 그 허상마저 사라진 지 오래다. 그래도 죄책감 없는 자유를 다시 한순간이라도 맛볼 수 있다면 얼마나 좋을까. 무자식이 상팔자, 극단으로

치닫는 상상. 그러나 심호흡을 하며 천천히 마음을
들여다보면 내 안의 현인이 '너는 이제 절대로 그녀 없는
삶을 살 수 없어!' 부정 못 할 메시지를 읊조린다.

그날 딸과의 전투로 욱하는 마음에서 구입한 책《엄마
됨을 후회함》을 읽다가 나의 심정을 그대로 옮겨놓은 듯한
에이드리언 리치의 문장을 발견했다.

"아이들은 나에게 생전 겪어보지 않은 지극히 격렬한
고통을 가져다주었다. 그것은 모순되는 고통이다. 쓰디쓴
불쾌감이나 찢어질 듯한 신경과 황홀한 충족감과 부드러운
다정다감함 사이의 극단적인 변화다."

맞다. 소화하기 힘든 상반되는 감정의 양립. 딸을 몹시
사랑하지만 그렇다고 엄마로 살아가는 것에 대한, 내가
느끼는 부정적인 감정을 은폐하고 싶지는 않다. 후회 이면의
감정을 해체하고 분석하고 싶다. 나는 다 자란 딸에게
엄마로서의 희생을 이야기하는 대신 내가 겪은 진실, 여성이
살아온 현실을 알려주고 싶다.

고통과 실패의 수집가. 나는 흑역사의 트로피들을 진열장에 넣고 기록하는 일을 즐기지만, 그 진열장에 딸의 존재는 없다. 아직 우리는 실패하지 않았고 사랑할 날들도 많다. 웃기고 힘든 말, 전투 육아. 엄마가 전사가 되어야 살아남는 이 전장에서 손자병법식 해법은 없다.

　여성들의 광장에서 '평판 나쁜 엄마'라는 깃발을 든 나는 불순하게 살기로 했다.

본격 추리 육아

중이염을 달고 사는 딸을 데리고 병원에 다녀오는 길,
절대 빈손으로 집에 돌아가지 않겠다는 딸의 요구를
들어주기 위해 지갑을 열었다.

"엄마, 나는 핫도그."

핫도그라면 자신이 태어난 날부터 줄곧 먹어왔던 것
아니냐, 당연한 듯이 주문하는 딸의 기세에 휘말려 내
것까지 계산했다. 나무젓가락에 관통당한 소시지가 밀가루
반죽을 입고 기름에 튀겨지는 것을 보니 군침이 돌았다. 나
하나, 너 하나, 즐겁게 먹으려고 케첩을 뿌리는데 갑자기
딸이 서럽게 울기 시작했다.

"내가 핫도그 사달라고 했잖아."

"이게… 핫도그야."

"아니야, 이건 아니야!"

"혹시 오리지널 핫도그를 말하는 거야? 미국 핫도그?
이건 한국 핫도그야."

핫도그를 눈앞에 두고도 핫도그를 달라고 우는 딸에게,
핫도그의 다양성을 이해시키려는 시도는 하나마나 한 것에
불과했다. 아이는 계속 핫도그를 외치며 절망을 온몸으로
표현했고, 지나가던 사람들 모두 아이가 무척 안쓰럽다는
듯이 나를 힐끔거렸다. 핫도그를 두 개나 들고도 딸에게
주지 않는 비정한 엄마라니…

"울지 말고 천천히 말해봐, 왜 속상한지, 원하는 게 뭔지
말로 해봐."

딸의 좌절된 욕망과 감정을 파악하기 위해 질문할 때면,
나는 자칫 미제로 남겨질 수 있는 사건 수사 파일을 손에 쥔

형사 같다. 감정의 폭발을 일으킨 원인을 찾기 위해 아이를
취조하며 나쁜 경찰, 좋은 경찰 역할을 번갈아 연기한다.
진실에 접근하기 위해 가설도 세운다.

> 핫도그 폭발: 설탕 과다복용으로 인한 충동적 떼쓰기인가?
> 억지로 운동화를 신긴 데 앙심을 품고 교묘히 계획한
> 보복인가?

딸이 묘사하는 범인(분노의 원인은 무엇입니까?)의 몽타주는
추상화에 가까워 수사에 도움이 되는 법이 없다. 마음에
수북이 쌓인 미제 사건 서류를 훑으며 나는 저울질을 한다.
자신의 감정을 설명할 단어와 기술이 부족한 딸의 문제일까,
만년 신참 형사인 나의 문제일까. 저울은 항상 내 쪽으로 축
늘어진다.

"엄마 때문에 속상해서…"
"그러니까, 엄마의 어떤 행동 때문에 속이 상했어?"
"몰라, 그냥 속이 상했어. 엉엉."

'그냥 범인은 처음부터 나라는 거지, 폭탄 버튼을 누른 사람.'

식상한 반전에 엄마로서의 자신감이 바닥을 쳤다. 실패한 형사가 자괴감에 술병이 뒹구는 모텔에 처박혀 텔레비전 화면만을 응시하듯이, 나도 딸의 얼굴만 가만히 쳐다봤다. 딸의 분한 얼굴이 눈물에 젖어 반짝거리고 마지막 진술이 작은 입술을 비집고 튀어나왔다.

"나느으은… 케첩 뿌린 빵은 싫어."

6월 2일, 오후 4시 10분경, 상가 분식집에서 발생한 폭발의 원인을 보고합니다. 폭발의 진원지는 만 3세 아동. 모친과 아동 사이의 핫도그에 대한 견해 차이 및 케첩의 사용이 분쟁의 씨앗이 되었습니다. 폭발 주동자인 아동은 자신이 느끼는 좌절감을 모친에게 전달하기 위해 비명을 질렀으며, 가엽게 흐느낌으로써 행인들에게 사건의 비극성을 널리 알리려고 했습니다. 수사 책임자이며 원인 제공자인

모친(정새난슬, 만 36세)은 핫도그 사건에 무거운 책임감을 느끼며 이번 수사를 종결하려고 합니다. 더불어 핫도그에 대한 인식을 공유하고, 아동과 충분한 논의를 한 뒤 케첩을 뿌리는 등, 차후 관계 개선에 노력을 기울이도록 하겠습니다.

레드선, 유아 동반 여행

작년 가을, 우리 가족은 아이를 데리고 일본 여행을 다녀왔다. 가슴 들뜬 출국의 기억은 있으나 입국의 기억은 없는 희한한 여행(고행)이었다. 입국 과정이 너무 험난했기에 연약한 나의 멘탈을 보호하려 스스로 기억을 삭제한 것이 아닌가 싶다. 가끔 메아리처럼 내 귓가를 맴도는 소리를 제외한다면 말이다.

"진짜 짜증 나. 아! 너무 시끄럽네!"

반복적으로 들리는 신경질적 외침. 딸과 외출할 때면 들리는 환청. 그 외침은 이제 내 심장을 폭행하는 둔기처럼 느껴진다. 늘 사람들이 나와 딸을 주시하며 비난한다는 망상에 사로잡힐 지경이다. 스스로를 보존하기 위해

나는 자가 치료를 감행하기로 했다. 신통방통하다는
최면치료사를 마주한 척, 나는 두 눈을 감고 입국한 날로
돌아가본다.

"제 딸이 보여요. 일본 공항 책 판매대에 앉아 잡지를
마구 뒤지고 있어요. 한국 망신, 국제 민폐를 끼치려는
것 같아 두려워요. 제가 다가가서 주의를 줬어요. 딸은
그림책을 찾는다며 계속 뒤져요. 양팔을 잡고 판매대에서
떼어내려는데 제 곁을 지나는 백인 부부가 저를 이상한
눈으로 봐요. 애를 거칠게 다루는 엄마를 책망하는 눈빛
같아서, 아이를 다시 타일러보아도 안 통해요! 딸이 화가
나서 저를 취소하겠대요. 엄마를 취소할 거야! 유아
번역기를 돌리자면… 내 곁에서 얼씬대지 말고 영영 사라져!
저와 딸 사이에 팽팽한 긴장감이 감돌아요. 너무 화가 나요."

"괜찮아요. 깊게 심호흡을 하고 그다음 기억으로
넘어가세요."

"간신히 탑승 절차를 마쳤어요. 면세점의 장난감 강아지가 자신에게 말을 건다는 딸의 증언을 무시하고 납치하듯 딸을 안고 비행기를 탔어요. 둘 사이의 긴장감은 더 상승했어요. 비행기가 이륙한 뒤 한 시간 동안은 딸이 만화를 봐서 순탄했어요. 하지만 기압 차이 때문인지, 입막음용으로 건넨 과자 탓인지, 아이가 배가 아프고 머리도 아프다며 소리 지르고 울기 시작해요. 주변 승객들이 술렁거려요. 아! 씨! 어휴! 조약돌 같은 비난의 감탄사가 저와 딸에게 날아들어요. 할아버지, 할머니, 온 가족이 달래는데도 아이는 고통을 호소하며 엉엉 울어요. 심장이 손톱만 해지고 죄송함의 그래프가 우주까지 치솟은 것 같아요.

영겁 같은 시간이 지나고 비행기가 겨우 한국에 도착했어요. 딸은 빨리 내리고 싶다며 몸을 뒤틀며 울고, 이제 영영 만날 일 없는 앞자리의 승객이 큰소리로 이렇게 외쳤어요. **'진짜 짜증 나. 아! 너무 시끄럽네!'** 죄인처럼 비행기에서 내린 가족들이 짐을 찾으러 간 사이, 저는 기절하듯 잠든 아이를 안고 휴대용 유모차를 기다려요. 동반 기절하고 싶은 마음을 추스르며 버티는데… 맙소사,

공항 직원은 큰 봉투에 넣은 유모차를 바닥에 내려놓고 가버리네요. 행인의 온정을 기대하며 주변을 살폈지만 아무도 도와주지 않아요. 저는 품에서 흘러내리는 아이를 안은 채 봉지를 풀고, 저렴하지만 불편한 유모차를 펴보려고 안간힘을 다해요. 그러다 제가요, 어떡해. 방귀를 뀌고 말았네요. 뽕! 야무지게. 극한의 상황에서 유모차를 펴다 에티켓을 잊은 거죠…"

"이런 말씀 드려 죄송합니다만… 정새난슬 씨, 어쩌면 방귀를 뀐 것이, 승객의 비난보다 더 충격이었던 것 아닐까요? 방귀의 기억을 덮기 위해 승객의 외침을 방패로 삼고 있었던 것 아닐까요? 평소 몰래 했던 행동을 대중 앞에서 저지른 데 대한 상처가 환청으로 나타나는 것 같군요. 물론 어떤 결론이든 저는 정새난슬 씨를 지지합니다. 우리 어른들은 모두 아이만큼이나 미숙한 존재니까요."

네가 찾던 배트맨

백화점에서 2리터 페트병 크기의 배트맨 피겨를
사은품으로 받았다. 무뚝뚝한 표정과 칙칙한 색깔 때문에
무서워할 줄 알았는데, 딸은 배트맨을 보자마자 환호성을
질렀다.

"번개맨!"
"아냐, 이 사람은 배트맨이야."

과장된 몸짓으로 우스꽝스러운 악당을 물리치고
어린이 안전수칙을 알려주기도 하는 번개맨은 '어린이용
슈퍼히어로'다. 배트맨이 걸친 망토를 보고 딸은 즉시
번개맨을 떠올린 것 같았다. 진지한 얼굴의 배트맨은
자존심이 상한 듯이 보였다. 번개맨과 배트맨은 전혀 똑같지

않아! 딸에게 배트맨이 얼마나 복잡한 인물인가 설명하고
싶어서 입이 근질거렸다.

'그러니까 딸아, 배트맨에게는 조실부모한 아픈 과거가
있어. 그 후 심신을 다져 도시의 범죄와 맞서 싸우지.
신분을 들키지 않기 위해 철저히 구획화된 비밀스러운 삶을
사는데, 엄마가 생각하기에 배트맨의 가장 멋진 점은 그의
우울하고도 허스키한 목소리가 아닐까 싶어.'

속으로 되뇌고 보니 딸이 이해할 수 있는 범위를 훌쩍
벗어나 있었다.

"번개… 배트맨, 라푼젤이랑 춤춰."
"오, 그래. 그러도록 하지."

딸에겐 그가 어떤 캐릭터인지는 전혀 중요하지 않았다.
라푼젤 인형과 함께 춤을 출 슈퍼히어로가 생긴 것이 기쁠
뿐이었고 딸의 장단에 맞춰 새로운 배트맨으로 살아가야

하는 사람은, 바로 나였다.

"배트맨, 크롱이 옷방 괴물한테 잡혀 갔어."

"뭐야? 내가 금방 구해주겠다."

"배트맨, 나 하늘 나는 것 좀 봐."

"정말 훌륭하군. 더 높이 날아보라고."

"배트맨, 아기 이유식 먹여줘."

"당장 주겠다. 아기가 아주 잘 먹는군."

배트맨을 모르는 딸이야 뭐든 함께하는 새 친구가 마냥
좋았겠지만, 배트맨을 연기하는 나로선 곤혹스러웠다. 찰흙
아이스크림을 먹고 뽀로로와 낮잠 자는 배트맨이라니…
딸이 부여한 역할과 내가 갖고 있던 배트맨의 이미지가
내면에서 충돌했다. 배트맨에게 못할 짓인데… 미안했다.
나는 배트맨에게 최소한의 예의를 지키기 위해 그의 매력인
목소리만큼은 최선을 다해 흉내 내었다. 저음을 내기 위해
배에 힘을 주고 인상을 썼다.

'나는 나만의 배트맨을 완성하고 있어.'

배역에 몰입한 초보 연기자의 열의, 나는 딸 앞에서
배트맨이 되는 순간이 즐거웠다. '몰입이란 무엇인가'
깨달음의 길로 가고 있었다. 딸이 배트맨에게 잘생겼다고
칭찬하자 나는 배트맨의 얼굴이 아닌 내 얼굴을 만지며
흐뭇해했다.

"배트맨! 배트맨!"
"쉿, 사람들 많은 데서 소리 지르면 안 돼."
"배트맨, 대답해. 배트맨!"
"배트맨 여기 없잖아. 우리 장 보러 왔으니까 배트맨 없어.
집에 있어, 집에."

혼연일체로 펼친 배트맨 연기 탓이었을까. 배트맨 피겨를
들고 온 것도 아닌데 딸은 사람들 앞에서 나를 배트맨이라
부르기 시작했다. 슈퍼마켓이 떠나갈 듯이 소리를 질렀다.
여러 번 주의를 주고 무시했지만 딸은 내 얼굴을 보며

애타게 배트맨을 찾았다. 배트맨 연기에 어느 정도 자부심이
있었지만 나는 아직 대중 앞에 나설 준비가 되어 있지
않았다. 하지만 배려심이라곤 없는 딸은 점점 더 다급하게
배트맨을 찾았고 물건을 고르던 이들은 우리 모녀를
이상한 눈으로 바라보았다. '여기 배트맨 장난감 파나?'
두리번거리는 사람도 있었다.

"배트맨! 배트맨! 제발 대답해."
"쉿, 좀! 슈퍼마켓에 배트맨 안 와. 그만해!"
"아냐! 있어! 배트맨 여기 있어! 여기 있잖아!"

배트맨 여기 있어… 딸이 억울한 눈빛으로 소리를 지르자
내 안의 뭔가가 깨어난 듯했다. 심각한 얼굴의 배트맨이
뚜벅뚜벅 내게 걸어왔다.

'이제 자기 규정을 깨야 할 시간이 왔어. 내가 생각하는
나, 네가 생각하는 너를 함께 부수고, 우리 새로 태어나자.'

배트맨은 내 귀에 속삭였고 나는 목을 가다듬으며 배에 힘을 줬다. 슈퍼마켓 점원들, 세탁세제며 호박, 라면을 고르는 사람들이여, 마음의 준비를 하시라. 나는 딸에게 다가가 어깨에 손을 얹었다.

"그래. 네가 찾던 배트맨. 나 여기 있다."

그렇게 나는 슈퍼마켓의 배트맨이 되었다. 구겨 신은 운동화에 대충 핀을 꽂아 정리한 머리, 뿔테 안경을 쓴 배트맨의 등장. 나의 연기를 감상한 이들은 눈이 마주치자 당황하며 시선을 피했다. 오직 딸만이 남들 시선에 개의치 않는 듯 당당했다. 우리는 바나나우유와 방울토마토를 산 뒤 여유롭게 슈퍼마켓을 빠져나왔다. 석양을 향해 걷는 배트맨과 딸. 나는 고급한 척 유난을 떨던 자아와 싸워 승리를 거두었다. 해방된 영웅을 깊게 체험했다.

"무슨 상관이야아아아아아!"

내가 도시의 악당들을 향해 크게 외치자, 앞서 뛰어가던 딸은 양팔을 벌린 채 주황빛 하늘 위로 높이 날았다.

엄마랑 결혼한다며?

딸에게 청혼받은 적이 있다. 지금보다 한참 어렸던 딸은
아빠도 아닌 엄마, 나에게 청혼했다. 딸은 사랑보다 더 큰
감정을 품고 있는 단어를 안다는 듯이 속삭였다.

"나 크면 엄마랑 결혼할 거야."

나는 내가 아는 단어를 지우고 아이에게서 새로 태어난
'결혼'을 보듬었다. 결혼은 사랑하는 사람들이 영원히
헤어지지 않고 함께 사는 것. 내게 청혼해준 딸이 고마웠다.

"아니, 엄마랑 안 해. 나 다 크면 잘생긴 사람이랑 결혼할
거야."
"언제는 나랑 결혼할 거라며?"

"내가 그때 어려서 그랬어. 몰랐어. 엄마랑은 싫어."

올해 '언니야(유치원생)'가 된 딸에게 파혼당한 나는
속상했다. 결혼이 뭔지도 모르면서 내게 결혼하자고 했던
딸이 그리웠다. 다른 한편으론 딸이 안다고 자부하는
결혼의 의미를 함께 되짚어봐야 한다는 생각이 들었다.
세속의 룰을 학습하기 시작한 다섯 살, 나는 딸에게 결혼이
뭐냐고 물었다.

"어, 엄마. 결혼은 사랑하는 사람들이 영원히 같이 사는
거야."

"사람들은 다 달라. 결혼하고 싶은 사람도 있고 하기 싫은
사람도 있어. 사랑하면 꼭 결혼해야 해?"

"응, 사랑하면 꼭 결혼하는 거야."

"엄마처럼 결혼한 뒤에 헤어지면? 또 다른 사람이랑
결혼해?"

"아니, 그건 아닌데…"

"결혼했다가 사랑하지 않으면 엄마처럼 이혼하기도

하잖아. 이혼하고도 또 결혼하는 사람도 있고 처음부터 아예 결혼 안 하는 사람도 많아. 그건 다 자기가 결정하는 거야. 사람은 다 다르거든."

나는 차마 못한 말들을 쓰다듬으며 "이만하면 이해하겠지?" 중얼거렸다. 보수적인 한국 사회에서 교육받고 자랄 딸의 마음에 깊숙이 파고들진 못하더라도, 딸이 바깥에서 주워온 편견에 의문을 제기하는 역할은 할 수 있을 것 같았다. 꽉 막힌 세상아, 내게 돌을 던져라! 나는 딸에게 다양성과 존중을 가르치는 엄마다!

"그래두우, 나는 결혼 꼭 하고 같이 영원히 살 거야. 나는 엄마랑 다르거든. 사람은 다 다르거든."
"아, 그래? 그렇구나. 결혼해서, 영원히, 함께, 살 거구나…"

딸 말이 맞는데, 왠지 틀렸다고 하고 싶었다. 결혼한 사람과 영원히 함께 살 거란 말이 나를 향한 비난처럼

들렸다. 나는 진짜 다양성에 대한 이야기를 하고 싶었던 것일까. 내 선택을 부정하지 않길 바라는 마음이 더 크지 않았을까. 세상의 편견에 물들지 않기를 바라는 마음 중 절반은… '네 아빠와 이혼한 나를 있는 그대로 인정해줄 수 있어? 이제 다섯 살이니까 이해할 수 있겠지?'

미션 임파서블.

남대문에서 산 면사포 머리띠를 하고 의연한 표정을 짓는 딸. 분명히 그녀와 나는 다르다. 성격과 생각이, 살아갈 시대가 다르다. 나는 딸에게 이해받기보다 딸을 이해하는 사람이 되어야 하고 아이의 선택을 존중해야 한다. 다섯 살인 지금도, 스무 살, 서른 살이 될 먼 미래에도.

'딸아, 네가 나랑 파혼 참 잘했지. 나보다 현명한 너는 분명 좋은 결혼을 하고(안 해도 돼) 또 그(혹은 그녀)와 영원히 행복할 거야. 아무렴 그렇고말고.'

사람들이 나를 어떻게 생각하겠어?

"엄마, 나 출출한데 과자 하나만 줘."

"아까 먹었잖아. 사람들이 쟤 또 과자 먹네, 꿀꿀이 되겠다, 그러면 어쩌려고."

"그래? 그럼 저기 앉은 아저씨는 맨날 과자만 먹나봐."

"아, 아냐. 저 아저씨는 과자 안 먹을걸. 체형으로 사람 평가하면 안 돼. 알았지?"

"아까는 과자만 먹어서 돼지가 되는 거라며."

분명 식습관에 대해 충고를 하려던 건데 어쩌다 특정 체형에 대한 부정적인 편견을 심어주고 만 것일까. 내 설교의 모순을 지적하는 딸의 말을 듣고서야 눈을 번쩍 떴다. 그러나 제정신으로 돌아온 뒤엔 아이의 작전에 넘어가 해서는 안 될 협상을 하고 말았다. "진짜 마지막이야!"

외치며 건넨 과자를 먹는 딸의 눈은 탄수화물과 설탕,
승리의 기쁨으로 넘실거렸고 나는 패배감에 젖어 내가 한
말들을 곱씹어봤다. 비만이 아니어도 편향된 식습관으로
인한 질병은 많다. 나는 어째서 뚱뚱함 하나에 초점을 맞춰
경고한 것일까?

잘못된 교육 방식이라는 걸 알고 있음에도 나는 타인을
의식하게 만드는 협박 육아를 쉽게 멈출 수 없었다. 몸을
위한 생활 습관이 모두 타인에게 잘 보이기 위한 것인 양
훈장질하는 데 익숙해졌기 때문이다. 관념적인 단어를
쓰기보다 아이가 이해하기 쉬운 예를 들자고 시작된
잔소리는 어느새 '외모지상주의 만세! 평판 좋은 어린이가
되자' 기초 교육이 되고 말았다.

"너 이 안 닦아서 몽땅 시커멓게 썩으면, 사람들이 우와,
무섭다, 그럴 거야."

"엄마, 이는 안 닦으면 썩는데 얼굴은 어떻게 돼? 썩어?"

"비슷해(전혀 안 비슷해). 때…가 쌓여."

"때가 쌓이면 사람들이 뭐라 그래?"

"아이고 지저분해. 쟤 엄마는 애 얼굴도 안 씻기나!
엄마를 흉보겠지."

"그러면 엄마가 속상하겠네. 나는 괜찮은데."

"그렇지. 엄마가… 내가 속상하지."

내가 쏟아낸 설교는 딸을 위한 것이 아니었을지도 모른다.
딸을 위한 것이었다면 애초부터 타인의 시선을 배제한
설명을 했을 것이다. 나는 아이에게 자신을 돌보는 일의
필요성을 천천히 일러줄 수도 있었다. 딸의 깔끔한 모습과
건강이 남들이 나를 평가하는 기준이 된다고 생각했기에
늘 잔소리의 서두를 "사람들이 어떻게 생각하겠어?"로
장식했다. 제대로 된 엄마로 '보이려고', 압박감을 덜고
싶어서 딸에게 외모와 평판의 중요성을 들먹였다. 엄마라는
이름으로 전혀 나답지 않은 행동을 해온 것이다.

오늘도 딸은 사탕, 과자 없는 삶은 살아갈 가치가 없다는
듯 행동했다. 개선장군마냥 식탁 의자에 우뚝 서서 시시한
반찬들을 내려다보는 딸. 디저트 타령하는 아이에게 화가 나
익숙한 잔소리를 쏟아내고 싶었지만, 똑같은 실수를 반복할

수 없기에 대신 이렇게 외쳤다.

"네가 이렇게 밥을 안 먹으면, 쌀들이, 응? 쌀들이 너를
어떻게 생각하겠어!"

역시나 제자리걸음. 딸은 적개심 찬 표정으로 밥을
노려봤고, 인간이 아닌 쌀에게마저 잘 보여야 한다고
소리친 나는, 사람들이 이런 나를 어떻게 생각할지 정말
궁금해졌다.

잘난 척 좀 할게요

"나 예쁘지 않아? 나 엄청 용감하지? 그림도 너무 잘
그리고 똑똑하지?"

아름답고 용맹하며 총명한 스스로와 사랑에 푹 빠진 딸은
자신감이 넘치는 목소리로 내게 동의를 구한다. 겸손은
인간이 가진 최고의 미덕 중 하나이고, 유머러스한 자기
비하는 지루한 인생의 맛깔난 사이드디시라고 믿는 나는
매번 당황한다. 네 살 된 딸의 엄청난 자신감과 자기 자랑에
놀라서 크게 웃음을 터뜨린다.

"응… 너 최고야."

나의 뒤늦은 대답을 듣고도 딸은 의문을 품지 않는다.

또다시, 자신의 멋진 점에 대해 크게 떠든다.

낯선 어른들로부터 칭찬을 받을 때면 부끄러워하는 듯이 행동하지만 칭찬 자체를 부정하거나 어려워하지 않는다. 당연히 올 것이 왔다! 정당한 자기 몫의 칭찬인 양 부드럽게 집어삼킨다. 자기 확신에 가득 찬 딸의 표정. 나도 그런 표정을 지었던 적이 있을까. 딸은 자존감에 대한 베스트셀러를 집었다 놨다 하며 고민하는 나와는 달라도 너무 다르다. '의심할 여지 없이 근사한 나', 네 살 된 딸의 정신승리. 마냥 부럽고 신기했지만, 자만심으로 가득한 아이가 될까봐 살짝 걱정이 되었다.

"너 잘난 척이 뭔지 알아?"

"모르는데. 그게 뭐야?"

"내가 이것도 저것도 혼자 너무 잘한다! 난 다 가졌다! 내가 너희보다 훨씬 낫다! 그렇게 행동하는 게 잘난 척이야."

"나는 잘난 척 안 하는데?"

"가끔 어린이집에서 네가 뭐든 제일 잘한다고 그러잖아."

"내가 제일 잘해."

"아니. 그게 사실이어도 말은 그렇게 하지 말아야지."

"왜?"

"다른 사람들 생각은 그렇지 않을 수도 있잖아. 네 말 듣고 기분 나쁠 수도 있어."

"왜 기분 나쁘지? 내 생각에는 그래. 내가 제일 잘해."

"그래? 그래… 맞아."

딸이 부쩍 향상된 한국어 실력으로 또박또박 반론을 제기하자 나는 할 말을 잃고 말았다. 간혹 딸에게 세상일을 설명한답시고 내가 덧붙이는 말 "내 생각에는 그래". 딸은 기다렸다는 듯이 그 말을 되풀이했다. 겸손 대신 잘난 척의 못된 점을 가르치며 딸의 기를 꺾으려 했던 것은 나의 실수다. 남들이야 뭐라든, 자신이 최고니까 최고라고 말할 수밖에 없다는 딸은 잘난 척한 적이 없다. 그녀가 아는 떳떳한 팩트를 공표했을 뿐이다.

아이의 행동이 도를 지나칠까봐 염려한 것은, 자학과 겸손을 혼동하는 나의 문제다. 나는 남이 한 칭찬을 순순히 받아들이거나 스스로를 칭찬해서는 안 된다고(비뚤어지고 거대한 자의식을 남몰래 사랑하면서도) 믿고 있었다. 나에 대한 타인들의 기대를 낮추고 응석을 부리려고 꾀를 쓴 것일지도 모른다. 내가 못났다고 떠들고 다니면 꼭 누군가는 지치지 않는 위로를 건네곤 했다. 소화할 수 있는 형태로 가공한 칭찬과 응원의 맛은 달콤했다. 겸손의 탈을 쓴 비겁함은 딸의 잘난 척보다 유아적이었다.

위선적인 엄마에게 일침을 가한 딸은 오늘도 자기 자랑을 한다. 예쁘고 용감하고 똑똑한 딸의 말엔 거짓이 없고, 나는 연신 엄지손가락을 치켜세운다.

애증하는 뽀통령 님께

며칠 전 딸과 함께 뽀로로파크에 다녀왔어요. 당신의
분신, '잠실점 뽀통령'을 만난 딸은 환희에 가득 찼죠.
제 딸과 어린 관객들이 기쁨의 괴성을 지르며 당신에게
달려들었지만 당신과 친구들은 침착하게 공연을
이어갔어요. 역시 스타답더군요. 어린아이를 둔 부모라면
모두 그렇게 생각할 거예요. 당신 모습이 인쇄된 도시락,
칫솔, 가방, 팬티, 장난감… 좋든 싫든 당신 모습을
하루에도 수십 번씩 봐야 하는 부모들은 당신이 가진
권력과 인기를 절절히 실감하죠(제가 존대하는 이유예요).
그리고 우리가 당분간 당신의 그늘에서 벗어나지 못할 거란
사실도 아주 잘 알고 있어요. 광란의 유년기가 끝나기까지
우리 부모들은 한탄하겠죠.

Senanz

'또 뽀로로… 더는 견딜 수 없어, 제발 그만!'

당신의 리듬에 맞춰 아이들과 춤을 추면서요.

솔직히 전 당신을 한 번도 좋아한 적이 없어요. 당신의
패션을 비웃었죠. 무자식 시절에는 아이들의 패션 테러가
부모 탓일 거라고 생각했거든요(얼마나 무지했는지!). 그래요.
전 당신이 촌스럽다고 떠들고 다녔어요. 제게 아이가 생겨도
절대 당신을 가까이하지 않을 거라 결심했죠. 누구나 젊은
시절에는 세련된 것을 추구하니까요. 안타깝게도 그런
결심은 아이가 두 살이 되자 무너지고 말았어요. 죽은 생선
같은 눈빛으로 징징대는 아이를 달래던 날, 전 당신에게
항복했어요. 당신은 '밤바라 밤바라 바라바라밤' 경쾌한
노래를 부르며 나타나 저를 정복했죠.

'너는 나를 필요로 한다.'

당신은 안경 너머의 까만 눈알을 번득이며 제게
굴욕감과 휴식을 안겨줬어요. 그날 이후, 제 안의 저항군은

무력해졌어요. 끊임없이 웅성거렸으나 반란은 꿈꾸지 못했죠. 딸에게는 뽀통령, 제게는 필요악. 당신은 애증의 대상이 되었어요.

아이가 자라자 상황이 변하긴 하더군요. 문제의 엘사가 혜성처럼 등장했죠. 〈몬스터 주식회사〉의 설리, 보라색 드레스를 입은 소피아와 〈토이 스토리〉의 캐릭터들도 아이의 관심을 얻었어요. 당신이 독재하던 시절이 끝나고 만 것이에요. 다양성에 따른 심적 여유가 생기자 전 당신에게 기회를 주려고 했어요. 유익한 교훈이 흐르는 에피소드들을 감상하며 당신의 미덕을 찾으려 애썼어요. 아이와 함께 즐거워하고 싶었으니까요. 진득이 노력한 끝에 발견한 당신의 매력은 뜻밖에도 음악이었어요. 나는 당신 앨범에 수록된 '새근새근 코'를 제일 좋아해요. 아이가 잠들 때 듣던 음악이라 그런지도 모르겠네요. 감미롭고 착한 멜로디는 아이와 함께 있지 않을 때도 내 입안을 맴돌아요. 뽀로로파크에 도착해 전투적으로 내달리는 딸의 뒷모습을 보면서도 저는 그 노래를 불렀어요. '뽀로로 낮잠파크'가 있다면 얼마나 좋을까 상상했죠.

언젠가 당신의 '한없이 선명한 블루'를 그리워하게 될
날도 오리라 믿어요. 터질 듯 뛰던 딸의 작은 심장과 당신의
춤사위는 아련한 추억으로 남겠죠. 그때까지 제 딸을 잘
부탁해요. 저와 달리 그녀는 당신을 무척 사랑한답니다.

소피아 공주 혹은 소피아 1세

　가상의 왕국 인첸시아, 엄마와 왕의 재혼으로 갑자기
공주가 된 소녀가 있었으니 그 이름은 소피아. 미취학
아동들이 좋아할 만한 모든 주제와 인물들을 뒤범벅한
판타지 만화 〈리틀 프린세스 소피아〉는 새로운 환경에
적응하며 모험을 통해 성장하는 공주의 이야기다. 내가
보기에 소피아는 어린이라기보다 성인군자나 슈퍼히어로에
가깝다. 그야말로 환상 속 어린이다. 주어진 환경에 빠른
속도로 적응하며 갖은 난관을 웃음과 지혜로 극복하고 새로
획득한 계급성, 정체성에 대한 고민도 즐겁게 해결한다.

　최근 개봉한 디즈니 영화 속 주인공들처럼 소피아 공주
역시 매우 진취적이고 용감하다. 심지어 고정된 성역할과
공주 이미지에 집착하는 의자매 앰버의 의식화에 큰 역할을
하며 작은 페미니스트로서의 면모를 보이기도 한다. 하지만

잘록한 허리를 강조한 드레스와 티아라의 구속은 여전하다. 텔레비전 시리즈라 극장에서 개봉하는 영화보다는 보수적이나, 가혹한 평가를 내릴 만한 수준은 벗어났다. 나름의 장점도 많다. 장사 잘되는 공주 산업을 등질 수는 없고 시대에 역행할 수도 없는 디즈니의 고민이 여기저기 묻어 있다.

별로 유해할 것 없는 만화라는 게 나의 결론인데 어째 딸과 함께 볼 때마다 고군분투하는 소피아가 마냥 안쓰럽다. 진정한 공주가 되기 위한 조건이 까다롭기 그지없기 때문이다. 이른바 지덕체의 조화, 외면이 아름다워야 하는 것은 물론이고(만화 속 공주들의 외모를 보라) 늘 타인의 마음을 배려하며 자신의 욕망을 조율해야 한다. 새로운 시도를 두려워하지 않되 기존 질서에 안전하게 저항하여 구성원들의 합의나 호감을 얻어야 한다. 남의 죄는 기꺼이 뒤집어쓰되 자신의 성취에 대해 절대 잘난 척해서는 안 된다. 전력을 다해 삐딱한 내가 보기에 소피아 공주에 나온 현대판 공주의 미덕이란 여성을 향해 예쁘게 설치된 덫에 가깝다. 교묘히 업그레이드된 억압이랄까.

뿌연 하늘의 금요일 밤 서울. 딸을 데리고 쇼핑몰에 숨어 서성이다보면 많은 소피아들을 만나게 된다. 반짝이는 드레스 차림 대신 유모차를 끌고 남의 왕국에 들어서서 마법 풀린 물건들을 살피지만, 속으로는 끊임없이 공주의 미덕을 되새기며 자기 단속을 한다.

'공주님들! 주중엔 열성적으로 업무 보셨나요? 이제 모두를 위해 희생, 봉사, 사랑하는 주말 보내세요. 명심해요. 욕망이 끓으면 눈물이 되어 흘러내리고 용기가 지나치면 갈등이 된답니다.'

설레는 모험은 스케줄에 없다. 한때의 주제가, 심장을 관통하던 노래도 잃은 공주들은 책임감을 티아라처럼 쓰고 있다. 아이의 뒤통수에 시선을 고정한 채 허둥대던 엄마들을 나는 자세히 살폈다. 우리 중 누가 이 삶을 찢고 뛰쳐나갈까. 누가 모두를 충족시키지 않아도 되는 자유를 얻고, 공주 아닌 자신만의 이름을 걸고 인생을 살아갈까.

〈리틀 프린세스 소피아〉의 원제는 Sofia the first(소피아

1세). 제목이 남긴 단서를 더듬으며 나는 소피아가 자신만의
왕좌에 오르는 날을 상상한다. 풀 죽은 공주들이 광장으로
나와 그녀들의 이름을 돌려받는 날을, 제 이름 붙은
이야기로 노래 만드는 여자들이 벌이는 축제를, 수줍은
미소를 지우고 튼튼한 야망을 드러낸 소피아를 기다린다.

요괴할멈

"엄마는 나중에 뭐가 될 거야?"

"엄마는 요괴할멈이 될 거야."

"왜?"

"멋있잖아."

요괴가 무엇인지 정확히 알지 못하는 딸은 고개를 갸웃거린다. 세상에 대한 이치가 들어서기 전이라 내가 무슨 말을 해도 대충 고개를 끄덕이며 넘어간다. 만약 요괴라는 단어를 안다고 해도 아이는 멋있다고 손뼉 쳤을 것이다. 만화에 나오는 괴물을 무서워하면서도 강력하게 매료되어 있기 때문이다.

예쁘고 귀여운 캐릭터들은 늘 몰려다니기 마련, 만화에 등장하는 괴물이란 주인공들의 모험에 극적으로 등장하여 용기와 우정을 시험하는 존재다. 그러나 미지근한 개구쟁이들보다 몇 배는 더 화끈하고 자극적이기에 어린 딸은 괴물을 좋아한다. 요즘 등장하는 괴물들은 과거와 다르게 주인공의 내적 성장과 공동체의 화해를 돕는 역할을 하기도 한다. 겉모습도 생활방식도 다른 존재들이 서로 상생하며 살아간다는 훈훈한 이야기가 요즘 만들어지는 애니메이션의 새로운 경향인 것 같다. 그런 다양한 괴물들을 관찰하며 유아기 오락을 즐기고 있으니 딸은 우리 세대와는 다른 가치관을 갖게 될지도 모르겠다.

　내가 어렸을 때만 해도 만화 속 괴물들은 전부 이해할 가치가 없는 평면적인 악당들이었다. 최근의 어린이영화들이 전하는 세련된 혹은 진보적인 메시지는 찾기 힘들었다. 딸과 함께 따뜻한 교훈이 담긴 애니메이션을 보며 격세지감, 더 감동하는 쪽은 언제나 나다. 그럼에도 나는 여전히 과거 만화나 이야기에 등장했던 악당과 괴물에 더 깊이 빠져 있다. 괴물로 태어나 괴물로 살아간, 충실하게 제 악역을 다하다 정의의 이름으로 사라져간 캐릭터에 깊은 연민을 느끼며 공감하는 것이다.

용서를 모르는 존재. 그 고집스러움. 추하고 극단적인 감정에 온몸을 내던져 사악한 괴물이 된 이야기 속 영혼들. 비뚤어진 나는 그들의 마음과 행동에서 비장한 아름다움을 느낀다. 사회로부터 철저히 소외되거나 상처 입은 괴물들이 복수심에 사로잡혀 소리 지를 때 나는 그들과 동질감을 느낀다. 상처투성이인 과거를 회상하며 찬란한 영웅에 의해 덧없이 죽어가는 그들을 바라보며 눈물을 흘린다. 고통 받던 괴물이 과거와 화해하거나 이해받지 못한 채 사라져갈 때마다 가슴이 욱신거린다.

어째서일까? 자문하면 답은 뻔하다. 내 안에 괴물들이, 갖은 이름 붙은 악당들이 숨 쉬고 있기 때문이다. 치명적인 상처를 입고 타오르는 분노의 불길에 사로잡혀 밤새 뒤척인 날들. 그런 감정에 매몰되어 사느니 차라리 이 세계로부터 자발적으로 퇴장하고 싶었던 암담한 날들. 치워도 끝이 없는 마음의 똥들이 고약한 냄새를 풍길 때. 그 냄새가 나의 전부가 되어버릴 듯할 때 나는 얼마나 괴로웠던가. 그래서 나는 이야기 속 괴물들을 응원하기도 한다. 두 뺨이 상기된 채로 자의적인 해석을 하고, '나처럼 사라질 생각 말고 싸워!'

주먹을 쥔다.

내가 편애하는 괴물들은 불합리한 구조 속에서 착한 결말을 위해 희생되는 존재가 아닌 제 악취와 뒤틀림마저 받아들이며 죽어가는, 용기 있는 영혼들이다. 자신의 이야기를 포기할 줄 모르는 오해 속 영웅들이다. 옛날 옛적 만화를, 그저 그런 세상의 현실을 겪고 자란 나라는 여자는 낙인찍힌 괴물들을 사랑한다. 그래서 딸이 장래희망을 물어볼 때조차도 진지하게 요괴 할멈이 되겠다고 대답하는 것이다.

잠 안 자는 유아의 지루한 밤, 딸에게 너는 나중에 뭐가 되고 싶냐고 묻자 딸은 데구리(그녀의 사전에 따르면 데구리는 괴물), 착한 데구리가 되고 싶다고 했다. 즐겨 보는 만화에 등장하는 선하고 개성 있는 괴물이 되고 싶은 걸까. 나는 겨우 잠든 아기 요괴의 귀에 속삭였다.

'그래. 네가 살아갈 세계는 나와는 다를 테니까. 다만 엄마의 만화에서 엄마는 요괴할멈이 될 거야. 순응을 모르는 지랄 맞은 요괴. 추하게 늙어도 부끄러움 없는

요괴가 되어서 너 같은 괴물들도 살아갈 수 있는 세상이
오나 지켜볼 거야. 아마도 내가 사는 이야기 속, 엄마가 맡고
싶은 역할은 그런 게 아닐까 싶어.'

무엇이 무엇이 똑같을까

딸의 입가엔 가족들만 아는 보조개가 있다. 보조개를
보조개라고 부르기까지는 꽤 시간이 걸렸다. 바늘구멍만큼
작은데다 웃음 주름 속에 안겨 있기 때문에 "저것이
정말 보조개냐?" 가족들의 의견이 엇갈렸기 때문이다.
보조개치곤 존재감이 희미하다는 내 주장을 듣고 아빠는
"크든 작든 저것은 보조개다" 하고 반박했다. 전남편도 나도
보조개가 없는데 어찌 딸에게 보조개가 있을 수 있냐는
질문에는 이렇게 답했다.

"주름 때문에 안 보이지만 나도 한때는 보조개가 있었어.
작은 보조개였지."

아빠는 외손녀에게 뭔가 대단한 것을 물려줬다는 듯이

흐뭇해했다. 상당히 미심쩍은 근거였지만 나는 반론을
제기하지 않았다. 어쩌면 딸의 친가 가족들에게 보조개가
있을지도 모른다고, 홀로 조용히 추측했다.

"내가 애한테 마이클 잭슨 뮤직비디오를 보여줬더니
갑자기 막 희한한 춤을 추더라고!"

엄마는 아이가 춤추는 모습을 담은 동영상을 보여주며
흥분했다. 취향도 유전이라는 듯, 고이 간직한 팬심이 대를
잇는 데 성공했다는 듯 기뻐했다. 손녀의 어색한 춤사위에서
마이클 잭슨의 모습, 혹은 숨겨둔 춤의 열정을 다시 발견한
것이다. 교집합 열정이 낳은 강렬한 유대감. 엄마는 아이의
춤을 몇 번이고 다시 봤다. 나는 딸이 마이클 잭슨이 아닌
뽀로로를 보고도 비슷한 춤을 춘다는 것을 알았지만
엄마에게 말하지 않았다.

딸이 그림을 그리는 대신 크레파스 부수기에 열중할 때,
나는 섭섭한 마음이 들곤 했다. 그나마 유용한 나의 재능이

딸에게 제대로 전해지지 않은 것 같아 허전했다. 그러던 딸이 처음으로 눈, 코, 입이 등장하는 초상화를 완성하자 나는 안도했다.

'네가 내 딸 맞구나! 드디어 그림에 재능을 보이다니!'

네 살 된 아이들이 딸과 비슷한 그림을 그린다는 것을 알게 된 후에도 감개무량함은 가시지 않았다. 어쨌든 그림을 그리긴 하니까…

햇빛을 보면 고개를 돌리고 시도 때도 없이 눈을 비비던 딸은 병원에서 안검내반이라 진단받고 수술 날짜를 잡았다. 아랫속눈썹이 각막을 찌르는 증상은 내게도 익숙한 것이었다. 하필 안검내반을 닮다니… 나와 똑같은 불편함을 가진 딸에게 미안해 괜한 죄책감이 들었다. 무사히 수술을 받고 집으로 돌아온 아이는 놀라운 회복력을 보였다. '명랑함은 병가를 내지 않는다'는 태도를 유지해서 가족 모두가 감탄했다. 그러나 이번에는 단 한 사람도 자신을

닮아 그렇다는 말을 하지 못했다. 딸을 가장 딸답게 만드는 특징은 유전된 무엇이 아닌 자신만의 쾌활함이었다.

　가족들이 자꾸 서로를 살피며 무엇이 닮았는가 묻는 이유는, 서로가 너무 다르다는 것을 잘 알기 때문이다. 좋은 점, 나쁜 점, 우리가 공유하는 신체적 특징과 기질을 분석하며 가족의 연결을 확인하고 싶은 것이다. 어른들이 유전에 관한 농담을 주고받는 동안, 딸은 희한한 춤을 춘다. 개성 강한 가족들 모두 모아 한데 묶으려고 저만의 동작으로 날렵히 몸을 흔든다.

딸의 학교

"할아버지가 영어 가르쳐줬다. 샬라샬라 샬라라. 히히."

"그거 영어 아니야."

"영어야!"

"저기 책 가져와. 엄마가 가르쳐줄게."

"싫어. 샬라샬라."

"영어 아니라니까!"

아버지는 왜 내게 시련을 주시나. 기껏 영어라고 가르친 것이 샬라샬라 샬랄라라니. 네 살 아이가 장난치는 걸 진담으로 받아들인 나는 알파벳 노래를 틀고 따라 불렀다.

"에이비시디이에프지…"

"아비시비이비디! 샬라샬라!"

"너 진짜 그럴 거야?"

"그럴 거야."

딸이 일부러 약 올리는 듯해서 부아가 치밀고 가슴이
갑갑했다. 파란색을 보고 빨간색이라고 하질 않나. 네
살이면서 세 살이라고 우기질 않나. 오른손! 하면 왼손
내미는, 엉터리 영어 구사자가 평소에 하는 늦된 행동들이
모두 떠올랐다. 또래보다 뒤처지면 어쩌나, 위기감이
느껴졌다. 다른 부모들이 어떤 마음으로 조기교육 열풍에
합류하는지 이해할 수 있을 것 같았다. 별생각 없이 지냈을
뿐 내게 확고한 교육관은 없었던 것이다. 미풍에도 휘청이는
갈대. 사소한 계기가 조바심에 불을 지핀다.

인터넷 쇼핑몰을 탐색하며 유아용 교재를 장바구니에
쓸어 담는데 딸이 이번에는 아기 말을 하겠다며 다가왔다.
옹알옹알. 아기 말은 옹알옹알. 혼자 몇 번이고 되풀이했다.
같은 패턴으로 여러 언어를 구사하더니 마지막으로
도깨비의 말을 한 후 딸은 '너무 재밌지?' 하고 눈을
접으며 폭발하듯 밝게, 크게 웃었다. 공기중으로 흩어진

행복감, 몽글몽글 실없는 웃음이 내게도 번졌다. 아이가
뿜어낸 기쁨을 흡수해 내게서 새어 나온 소리는… 흐흐흐.
왠지 음흉했다. 딸만큼 신나게 웃는 법도 모르면서 나는
아이에게 뭘 가르쳐보겠다고 부글부글 끓었을까.

딸의 세계는 나의 것보다 훨씬 근사하다. 영어도 한글도
숫자도 모르는 아이는 내가 영영 돌아갈 수 없는 곳에
살고 있다. 그곳의 풍토와 거주민의 모습은 딸의 상상에
따라 변한다. 솜사탕 만드는 언니가 사는 달콤한 자매의
집, 팬케이크만 훔치는 괴물이 숨어 있는 아침밥 도둑의
산, 나쁜 곰이 통치하는 버려진 장난감의 숲. 만화와 동화,
딸에게 흘러 들어온 이야기들은 콜라주가 된다. 현실과
상상이 뒤섞여 예쁜 소용돌이를 만든다.

나는 잠든 동심을 깨워 딸의 문장을 이해하려 하지만
자꾸 길을 잃는다. 이성으로 저항하는 나와 달리, 딸은
혼란한 이야기의 파도 속에 주저 없이 몸을 던진다. 내게
무서운 이야기를 해달라고 조를 때조차 가만히 듣지 않고
매번 개입한다. 장난감 도둑이 나타나 경찰을 불렀더니
밉다던 도둑과 동반 도주하고, 아이를 잡아가려는 괴물을

동굴에 가둬놓았더니 바로 풀어주며 해방가를 부른다. 자주 정체를 바꾸는 딸은 입체적 인물 묘사를 즐기는 시나리오 작가이며, 진정한 무정부주의자, 때론 열렬한 평화운동가다.

나는 딸의 무구한 감성과 충동이 부럽다. 내게도 화폐 없이 미지와 조우할 수 있던 날들이 있었다. 터무니없는 일로 내가 나를 웃기고 즐거워하던 능력이 있었다. 세상의 지루한 부품(그러나 통념과 아직 투쟁중이라 자위하는…)이 되기 전에는 말이다. 촉촉한 새싹 같은 딸에게, 색의 명칭을 알거나 글자를 이해하는 일은 아직 중요하지 않다. '지금'을 한껏 즐기는 아이에게 '미래'의 행복과 안전을 위해 공부하라 재촉하는 것은 과연 누구를 위해서일까. 진짜 인생을 제대로 살고 있는 사람은 내가 아니라 딸이다. 그러니 교육이 필요한 대상은 딸이 아니라 나다. 엉터리 상식과 강박, 조바심을 제거하고 딸의 나침반을 보는 법을 익혀야 한다. 나는 진지하게 '너를 가르쳐줘' 부탁하고 딸의 학교에 입학하고 싶다. 샬라샬라 희한한 외국어. 남들은 모르는 언어로 농담하며 배꼽이 빠지게 웃고 싶다.

타투, 내 몸을 읽어줄게

낯선 이들과 모인 술자리. 테이블 위에 빈 술병들이 늘어가고 서로 조금씩 친밀감이 든다 싶으면 누군가 내게 묻는다.

"타투 진짜예요?"

"네."

"안 아팠어요?"

"아팠는데 잊혀요."

"근데 정말 평생 가는 거예요?"

"네."

"후회 안 돼요?"

"아!니!요! 사랑하는데요. 싫어진 그림도 있지만, 이제는 그런가보다 하고 살아요. 자연스럽게 저의 일부가 되어버렸거든요."

    내 몸에 가득한 타투에 대한 질문들. 타투라는 단어를
'내면의 흉터'로 바꾸어도 나의 대답은 똑같다. 내 삶에
일어난 일들이 진짜였는지, 아팠는지, 그 고통이 언제까지
지속되는지, 정말 끝난 것인지, 그것들을 품고 사는 나는
어떤 사람인지. 어색한 미소를 띠고 똑같은 대답을 한다.
    작은 바늘이 뚫은 살갗에 잉크가 스며 만들어진 그림.
그것이 자리 잡고 완전히 아물기까지의 과정은 마음의
상처가 치유되는 과정과도 닮았다. 아름다운 추억은
기쁨의 삽화가 되기도 하고, 미숙한 결정과 충동은 어둠의
기록으로 남기도 한다. 어느 쪽이든 그 안에는 이야기와
이미지가 들어 있다. 자랑하고 싶은 것이든 숨기고 싶은
것이든. 적어도 내가 생각하는 타투와 과거는 그런 것이다.
    누구나 마음 깊은 곳에 자리 잡은 상처가 있을 것이다.
잊고 싶어도 잊을 수 없는 쓰라린 기억. 도무지 흉터가 될
조짐이 보이지 않는 진행중인 고통. 다만 그것을 어떻게
받아들이며 살 것인가, 치유의 방법은 사람마다 다르다.

나는 내 몸과 마음에 그려진 작은 생채기, 제법 커다란 흉터조차 받아들이고 살기로 했고 그것을 떠드는 데 주저함이 없다. 방정맞게 지난날의 절망을 전시한다며 손가락질 받더라도 그러한 방식만이 나를 나아가도록, 살아가도록 만든다.

젊음의 풍경, 사랑과 이혼, 우울, 기쁨, 허위로웠으나 내가 진실하게 마주한 순간들. 내가 겪은 모든 일들 위에 마음에서 쏟아져 나온 단어와 그림의 딱지를 앉힌다. 그제야 비로소 나는 해방감을 느낀다. 고통은 괴로웠으나 흉터는 결코 부끄럽지 않다. 나의 영혼에 단단히 결속되어 새 생명을 얻고 수다를 떠는 예쁜 흉터. 타투들은 나를 스토리텔러로 만든다.

요즘 딸아이와 함께 목욕을 한다. 그럴 때의 나는 그녀의 비밀 없는 그림책, 정확하게는 목욕용 그림책이 된다. 자, 엄마의 타투들을 보렴. 여기 새가 있고, 전하지 못할 편지가 있고, 너의 탄생을 축하하려 그려넣은 소녀가 있고, 운명적 반려묘! 나의 먼지가 있어. 너의 아빠가 까맣게 칠한 엄마의 심장도 있고, 땅의 비밀을 듣는다는 뱀도 있단다.
물론 실제 대화는 덜 낭만적이다. "꼬꼬?" "꼬꼬." "뱀?"
"뱀." "야옹이?" "야옹이." 수십 번 반복하여 이어지는
단순 문답이다. 아직은 이해하기 힘든 이야기와 의미를
가진 어미의 몸. 여리고 어린 내 딸, 지금 내 몸에 새겨진
그림들로 배울 수 있는 것은 동물의 이름뿐이다.

그러나 딸은 점점 자라날 것이다. 나는 천천히(희망사항
이지만) 늙어갈 것이다. 예쁜 추억의 감상이 날아가고 끙끙
앓던 날들의 아픔이 잊히듯이 내 몸에 새겨진 무늬들도
번지고 흐려질 것이다. 어쩌면 이야기들도 날로 생기를
잃어갈지 모른다. 하지만 우리 모녀의 목욕이 이어지는
동안에는 나는 딸의 성장에 맞춰 보다 따뜻하고 흥미로운
그림책이 되고 싶다.

엄마는 타투도 상처도 사랑하는 여자야. 울퉁불퉁
걸어온 길이 내 발목을 붙잡을 때도 "후회하지 않아" 주문을
외면 정말 다 괜찮아진단다.

평판 나쁜 엄마의 불온하지만 다정한 농담들, 아니
진심들. 다 자란 딸이 만약 아이를 낳게 된다면 그녀가

세상에 초대한 작은 생명에게 불러주라고 노래도 하나
만들어줄 것이다.

'외할머니 몸에 모두 있었지. 몸과 마음에 흩어져 살던
그들. 지구의 작은 짐승들, 실패한 연인들, 웃음소리,
울음소리, 청춘의 다짐, 모두 모여 축제를 했지. 끝과 시작이
없는 동그라미 군무, 부끄럽지 않은 소란, 낮과 밤이 한데
엉킨 그녀의 이야기.'

박은옥 정태춘 그리고 마이클 잭슨

　사람들에게 엄마에 대한 이야기를 별로 하지 않는다. 사이가 나쁘기 때문이다. 우리는 정반대의 성격을 가진 앙숙이다. 오 분 이상 대화하면 다투게 된다. 성인이 되어 다시 깨닫게 된 사실은 우리가 서로를 잘 모른다는 것이다. 어쩌면 가족이기 때문에 더 모르는 것일 수도 있다. 가족이라는 관계 속에서 엄마나 딸의 이름으로만 살아온 두 사람은 각자의 고정된 면만을 바라볼 수밖에 없다. 엄마에게 나는 '고집 세고 거친 딸'일 뿐이고 내게 엄마는 '걱정을 도매로 사서 하는… 보수적인 엄마'일 뿐이다.

　물론 표면적으로는 엄마의 인간적인 면에 대해 어느 정도 알고 있다. 엄마는 화려한 보석보다 소박한 공예품 액세서리를 좋아한다. 요리에 관심이 많고 예쁜 편지봉투와 포장지를 좋아한다. 손녀를 끔찍하게 사랑하고 남대문을

뒤져 귀여운 유아복을 사 입히는 것을 즐거워한다. 고인이
된 마이클 잭슨의 열렬한 팬이어서 그와 관련된 상품이
담긴 작은 상자도 갖고 있다(옛 애인에게 받은 연애편지라도
되는 듯이 숨겨놓았다).

엄마의 혈액형은 AB형이며 키는 167센티미터이다. 제법
큰 키다. 중년이 된 지금은 높은 하이힐을 신지 않는 이유가
불편하기 때문이라고 말하지만 젊은 시절에는 아빠보다
키가 커 보일까봐 낮은 굽의 신발만 신었다. 나는 그것이
늘 의아했다. 왜 엄마는 아빠보다 키가 커 보이는 것을
꺼렸을까. 그리고 같은 맥락의 제일 중요한 의문, 왜 엄마는
'정태춘 박은옥'의 호명 순서에 반박하지 않았을까. 가수
정태춘보다 기타를 잘 친다고 종종 자랑하는 가수 박은옥은
아티스트로서 자신의 재능이 아깝지도 않고 남편의 그늘에
가려지는 것이 억울하지도 않았을까. 마이클 잭슨같이
화려하고 아름다운 남자를 동경하는 여자가 왜 아빠와
결혼했으며, 어째서 자신의 욕망을 숨기고 사는 것일까.
해소되지 않는 궁금증들이 피어오른다. 황당하게 들릴지
모르지만, 나는 여자로서의 엄마를 이해하기 위한 단서는

바로 마이클 잭슨이라고 생각한다.

'춤을 추는 남자는 아름답다'.

어린 시절부터 엄마에게 되풀이해서 들었다. 외가 형편이
어려워지기 전에는 엄마도 유치원에서 춤을 배웠다고 자주
회상하며 말해주었다. 아주 어린 시절의 짧은 기억이지만
춤을 추던 자신을 좋아했다는 것을 알 수 있다. 춤에 대한
동경이 있는 것이다. 손녀와 함께 '블루베리 댄스'(작사 작곡
박은옥)를 부르며 춤을 출 때 엄마의 몸짓을 보면 꽤 끼가
있다고 느껴진다. 아빠를 만나 계속 포크 음악을 하지
않았다면 엄마는 댄스 음악을 하는 뮤지션이 될 수도 있지
않았을까. 아니면 온몸으로 빛을 내뿜으며 춤추고 노래하는
뮤지컬 배우? '무엇이 정치적으로 올바른가', 배우자의
가치관에 묶여 있기 전의 그 여자, 자신의 욕망과 재능에
충실한 예술가는 어디로 사라졌을까.

아빠가 이른바 '운동권 가수'가 된 이후, 우리 집에도 많은

Senanz

변화가 있었다. 엄마는 자신의 계획·성향과는 상관없이 아빠의 기질에 맞춰 움직이고 가정을 꾸리며 살아왔다. 함께 옳은 것을 향해 나아간다는 자부심도 있었겠지만 희생도 많았다. 자신이 진정으로 원하는 것들을 숨기고 버리며 '정태춘 박은옥' 옷을 입고 단정한 모습으로 살아야 했던 것이다. 몸을 낮추고 남편이 흔드는 깃발을 바라보며 개량한복을 다리미질하는 마이클 잭슨 팬. 박은옥. 무대 밑의 여자.

모든 딸들의 돌림노래 '엄마처럼 살지 않을 거야'. 나 역시 엄마에게 자주 말한다. 엄마는 노래를 계속 불렀어야 했다고. 나는 엄마처럼 단념하지 않을 거라고. 하지만 누구보다도 내가 잘 안다. 그녀가 자신을 숨기고 살아야 했던 이유를. 너는 다 큰 여자인데 부엌일도 제대로 못하느냐는 타박에 "엄마, 나를 부엌으로 보낼 바에는 지옥으로 보내주시오" 외치며 나는 솔직히 말하고 싶었다.

'엄마, 마이클 잭슨 상자를 봉인 해제하세요. 이제 부엌 밖으로 나갑시다. 무대 위의 주인공이 됩시다. 나, 당신, 내 딸, 세 여자가 함께 막춤 추며 우리가 얼마나 아름다운지 노래합시다. 언젠가는 꼭 박은옥 정태춘의 이름으로 세상에 당신을 보여주세요. 아니면 그냥 박은옥. 그걸로도 훌륭합니다.'

불효녀 선언

까칠하게 신경이 곤두선 날, 나는 상상한다. '엄마와 오 분 이상 대화하면 싸우는 딸들의 모임'. 나는 무슨 말을 할까. 잘 키워준 부모에게 고마운 줄 알아라, 나이 들면 이해한다, 살아 계실 때 잘해라… 그런 비난이 날아들지 않는 곳에서 또박또박 하고 싶은 말. 되먹지 못한 불효녀의 대사는 어떤 내용일까.

제게 있어 엄마는… 검열관이에요. 열한 살 때인가. 일기장을 쓰레기통에 버렸다가 다시 꺼내 보았는데 일기장 속 친구들, 가족들 이름이 까맣게 지워져 있었어요. 엄마가 펜으로 열심히 지운 거죠. 누군가 쓰레기통을 뒤져 제 일기를 읽을까봐 그런 것 같았어요. 물론 제 일기장엔 국가기밀도 없고 수치스러운 가정사도 없었어요. 평범하고 시시한 이야기만 가득했죠. 쓰레기통에서 조용히 제 일기장을 꺼내 이름들을 지우고 아무 일도 없었다는 듯이 제자리에 놓은 엄마가, 이해되지 않았어요. '내가 뭘 잘못했나' 수치심이 들고 숨이 막혔어요. 그때의 일이 뇌리에 박혀서 지금도 가슴이 후끈거릴 때가 있어요. 엄마와 저의 갈등을 유발하는 일들은 늘 비슷한 패턴이었으니까요.

밀착 단속과 통제. 불안감의 상속. 저의 안전을 위한 양육법이었다지만 엄마가 정말 사랑하고 보호하고 싶었던 것은 제가 아니라 당신의 마음이었을 거예요. 제게 절실했던 것은 자율성과 신뢰였어요. 저를 믿어주는 일은 엄마에게 너무 어려웠나봐요. 혹은 두려웠겠죠.

참다 못한 제가 '불효녀 선언("나는 나쁜 딸 맞아")'을 하자 대대적인 모녀전쟁이 시작되었죠. 엄마와 크게 싸운 뒤 사과를 받았지만 원망은 사라지지 않았어요. 알아요. 저 정말 한심하죠. 서른일곱이나 되었는데 옛날 일로 화를 내다니.

아이가 생기면 엄마의 마음을 이해하게 된다고 하던데 아직도 전혀 이해할 수 없어서 더 힘든지도 모르겠어요.

오히려 제 딸을 대하는 엄마의 태도를 볼 때마다 어린 시절의 분노가 되살아나요. "아이가 혼자 할 수 있다고 말하면 혼자 할 수 있게 놔둬!" 자꾸 강조하게 되죠. 딸이 아닌 어린 시절의 나를 위해 엄마와 싸우는 느낌이에요.

심리학 책을 보면 부모와의 정서적 탯줄을 끊지 못하는 것이 제일 문제라고 하더군요. 과거에 묶여 있는 제 탓이 크죠. 서로의 감정을 제대로 분리하지 못하니 불화는 계속돼요. 엄마 말대로, 제 성격이 모난 것은 맞아요. 완벽을 추구하는 엄마 곁에서 받은 혜택도 많은데 자꾸 부정적인 것만 떠올리니까요. 반면에 아빠와는 늘 사이가 좋았어요. 비슷한 성향인데다 제가 뭘 하든 개입하지 않고 가만히 지켜보는 편이었거든요. 엄마는 저와 아빠의 관계를 두고 "덜 사랑하기 때문에 가능한 일이다" 그렇게 말했어요. 그래서 저는 생각했죠.

'그렇다면 엄마가 제발 나를 덜 사랑해줬으면 좋겠다. 엄마가 나를 덜 사랑한다면 나는 엄마를 더 사랑할 수 있겠구나. 적절한 거리를 유지하며 서로의 존재만으로도

위안을 받을 수 있는 사이라면 얼마나 좋을까.'

부정적인 모녀관계를 맺고 있어서 그런지, 가끔 딸을 볼
때면 '저 아이도 언젠가 나를 미워하겠지' 생각하게 돼요.
알 수 없는 미래에 대한 염려가 아닌 확신처럼 느껴지죠.
엉망으로 꼬인 실타래 속에 엄마와 저, 그리고 딸까지 한데
뒤엉켜 있는 것 같아요. 어리석은 두려움이란 걸 저도 잘
알고, 저는 엄마와 아주 다른 양육법으로 딸을 대하겠노라
결심하지만 한번 뿌리내린 걱정이 쉽게 사라지지 않네요.
엄마와 다툰 날이면 유독 더 그런 생각이 많이 들고요.

그래도 엄마와 함께해서 기뻤던 추억도 있지 않느냐고요?
있긴 해요. 비 오는 날이면 제 우산을 들고 교문으로
들어오던 엄마의 모습이 기억나요. 반갑고 기뻐서 사랑으로
가슴이 크게 부풀어 오르곤 했죠. 작은 우산, 큰 우산,
'각자'의 우산을 쓰고 엄마와 함께 걸었던 하굣길은 정말
행복했어요. 아, 힘들 때면 그 추억을 자주 떠올려야겠네요.
어쩌면 엄마와 저, 앞으로 가꿀 제 딸과의 관계에 대한 답이
그 안에 있을 것 같아요.

언젠가 다 자란 딸이 눈물 나게 흐린 날을 만난다면, 저는 딸에게 우산 같은 보살핌을 건네주고는 가만히 그녀의 뒤를 따라 걷고 싶어요. 궂은 날 펼쳐지는 마음의 풍경을 말하고 싶어한다면 좀 더 가까이 다가가 딸의 이야기를 가만히 들을 거고요. 충고하고 개입하려는 마음을 누른 채 입을 다물고 있기란 쉽지 않겠죠. 사소하든 크든 어려운 일을 겪고도 스스로 이겨낸 딸은 자신이 얼마나 대단한 사람인지 깨닫게 될 거고 그런 그녀를 지켜보는 저는 무지 기쁠 거예요. 검열관이 아닌 응원단, 저는 정말 그런 엄마가 되고 싶어요.

어린이열차는 세 번 돈다

알록달록 조잡한 그림이 그려진 어린이열차가 출발했다.
잠시 멀어졌다가, 돌아와 내가 서 있는 자리를 지나갈
때면 딸은 가는 손목을 날려버릴 기세로 손을 흔들었다.
자신의 모험과 귀환을 목격해달라는 딸의 열광적인 태도에
부응하기 위해 나도 열심히 손을 흔들었다. 십 초 만에 다시
볼 딸의 얼굴에 반가움을 표하고 큰 소리로 이름을 불렀다.

"엄마 여기 있어. 엄마 좀 봐. 잘 다녀와. 안녕!"

어린이열차 정거장을 둘러싼 부모들은 하모니를 잊은
합창단처럼 아이들의 이름을 목청껏, 제각각인 음에
실어 불렀다. 아이들을 실은 열차가 화성으로 떠나는
우주선이라도 된다는 듯이 비슷한 기념사진을 수도 없이

찍었다. 수십 장의 사진 중 몇 장은 아이의 표정을 생생히 담았을 것이고, 부모들에게, 나에겐 그 사진이 중요했다.

지금은 같은 자리를 맴도는 열차를 탄 아이지만, 언젠가 내가 모르는 곳으로 떠날 열차를 탈 테니까. 지금은 당연한 듯 돌아와서 나의 존재를 확인하고 싶어하는 아이지만, 언젠가 내가 없는 곳에서 더 자신답게 살아갈 테니까. 그때도 아이는 지금처럼 손을 흔들어줄까? 내가 있는 곳으로 반드시 돌아오겠다고, 내가 같은 자리에 서 있기만 하면 우리는 영원히 함께할 거라고 약속해줄까?

"남편이랑 헤어지는 것보다 아이가 독립해서 나가는 게 훨씬 더 힘들어요."

성인 자녀를 둔 여성에게 그런 말을 듣던 순간, 가슴이 아렸다. 딸 없는 외출의 홀가분함이 돌연 쓸쓸함으로 바뀌었다. 서둘러 독립하고 싶어하거나 부모와 거리를 두고 전혀 다른 삶을 살고 싶어하는 아이의 심정을 잘 알기 때문이다. 그것이 얼마나 자연스러운 감정인지 체험했기에

'내 딸은 늘 내 곁에 있을걸요. 외로울 일 없어요' 허풍 칠
수 없었다. 무진장 어려운 인생의 숙제. '아이가 있으니까,
아이가 없는 삶에 대해 더 깊이 고민할 것.'

　나는 가끔 두렵다. 빈 둥지를 지키는 어미새의 고독으로
딸을 질식시키거나, 엄마로 살기 위해 억누른 욕망을 담보로
딸에게 끊임없는 인정을 요구할까봐 무섭다. 남겨진 엄마가
아닌 떠나는 엄마가 되어 아이와 다른 방향으로 성장하고
싶지만, 당장은 나 자신을 잊지 않는 일조차 어렵게
느껴진다.

　"나나 너나 늘 같은 자리에 머물 수 없어. 여기 아닌 곳도
괜찮으니까 삶의 어디쯤에서 꼭 만나자."

　충분히 쿨한 엄마의 대사. 다행히 연습할 시간은 많다.
아직은 서로를 배우는 시기다. 어린이열차는 세 번 돌고
딸은 언제나 손을 흔든다. 당연한 장소에 돌아온 자신에게,
그곳에 선 나에게, 자꾸만 다시 만날 미숙한 우리를 향해.

그들은 나를 모른다

알다가도 모를 사람

"의외로 소심하다."

"솔직하지만 방어적이다."

"인맥이 좁고 활동도 제한적이다."

지인들은 내 성격을 읊으며 의아해한다.

"넌 처음엔 센 캐릭터 같은데 알고 보면 겁도 많고, 부끄러워하고… 물론 실망하진 않았지만(실망했다)."

나는 내성적인 다혈질에 가깝다며 부연 설명하고 추가 경고를 보낸다. 첫인상과 다르다는 말이 기분 좋은 적은 없었다. 마치 나의 사회적인 페르소나(그냥 SNS 인격)나 외모의 요란스러움이 거짓이라고 말하는 것 같아서다.

삼십여 년 전. A백화점 일층 로비 분수대에 기계인형이 들어 있는 꽃 조형물이 있었다. 나는 특별한 날에만 작동하는 예쁜 인형을 꼭 가까이서 보고 싶었다. 드디어 어린이날 행사 당일, '꽃의 요정에게 궁금한 것을 물어보아요' 이벤트가 열렸다. 분수대 앞은 인형에게 질문하려는 어린이들로 북적였다. 인형을 볼 수 있어 기쁘긴 했지만 마이크를 들고 질문하고 싶지 않았다. 갑자기 멀리서 보는 인형이 더 아름답게 느껴졌다. 사람들 앞에서 말해야 한다는 것 자체가 부끄럽고 두려웠다. 어린 시절의 나는 지금보다 열 배는 더 조심스러운 아이였고 그런 나를 보며 엄마는 너무 내성적이라고 걱정했다. 사람이 좀 더 적극적이어야지, 엄마가 나를 떠미는 바람에 행사에 참여하게 되었다. 내 차례가 와서 마이크를 손에 쥐자 요정이 상냥하게 "뭐가 궁금하니?" 물었다. 그러나 여러 번 이어진 같은 물음에 나는 아무 말도 할 수 없었다. 덜덜 떨다가 뒤로 밀려났다. 다른 아이들은 잘하는데 너는 왜 아무 말도 못했어? 엄마를 실망시켰다는 생각에 마음이 무거웠다. 너무 한심해. 에스컬레이터 앞에서 주춤거리다 엄마를 놓치기까지 했다. 맙소사, 나는 에스컬레이터도 무서웠다. 겁 많은 아이는 울음을 터뜨렸고 엄마는 한숨을 쉬었다. 대체 내 딸은 세상을 어떻게 살아갈까, 그런 표정이었다.

분수대 인형 사건 이후로 나는 성격을 개조하리라 다짐했다. 엄마가 강조하는 대로 좀 더 외향적인 아이가 되고 싶었다. 조용한 나를 다그치고 명랑하다는 말을 들을 수 있도록 최선을 다했으며 전투적으로 적극적인 아이가 되었다. 초등학생이 되어 악동이라는 소리까지 들었을 때 나는 생각했다. 그래, 이제 세상을 살아갈 수 있겠어.

"어릴 때는 지금하고 달랐는데, 정말 순했어."

변해버린 딸의 유년기를 회상하는 엄마의 얘기를 들을 때마다 나는 가자미눈을 뜬다. 내가 얼마나 노력해서 이렇게 된 건데. 극과 극을 횡단하다 겨우 안착한 지금의 성격을 유난스럽다 얘기하면 더는 할 말이 없다. 정말 치열하게 나 자신과 투쟁하며 이 놀라운 인격을 형성했다니까, 아무도 믿어주지 않는다. 오히려 성격의 상반된 면을 지적하는 사람들이 더 많다. 하도 지적하니 이제는 무엇이 진짜 내 성격인지 나도 헷갈릴 지경이다.

운동회 편 가르듯 내향적, 외향적 두 가지로 구분하면 편하겠지만 인간은 원래 복잡하다. 소심한 성격도, 그것을 고치려던 투지도, 또 어중간한 자리에 주저앉아 "어쩌다 보니 이렇게 되었소" 중얼거리는 것도 나다. 더는 과도한 노력을 하고 싶지 않다는 게으름까지 합세하여, 나는 알 것 같은데 모를 사람이 되어버렸다. 하지만 한 가지만큼은 분명히 알게 되었다. 소심하든 적극적이든 사람에게는 다 세상을 살아가는 저만의 방식이 있다는 것이다. "그래도 작가라면 자기 캐릭터가 분명한 게 좋지 않겠어?" 충고하는 사람을 만나면 나는 "다들 어찌어찌 살아가게 되어 있다네" 달관한 듯 대꾸한다.

#셀기꾼

뷰티 앱을 열고 셀카를 찍었다. 신통방통한 앱의 마법으로 인해 나는 아주 다른 얼굴을 갖게 되었다. 작고 갸름한 턱과 그렁그렁한 눈의 소유자, 보편적 미인으로 변모한 것이다. 비현실적 셀카, 나는 보정된 사진을 보며 삼십 초가량 자아도취했다.

나는 어여쁜 셀카로 낯 뜨거운 칭찬을 받고 싶어서 페이스북에 로그인했다. 그런데 이게 웬걸, 정치적 이슈로 뜨거운 타임라인에 내 조작된 면상을 올리기엔 눈치가 보였다. 날카로운 지성을 빛내는 페친들은 나의 셀카 게시물을 반기지 않을 것 같았다. 외모에 집착하는 얼간이로 보일 확률 백 퍼센트, 뻔한 댓글을 기대하는 내 얄팍함을 파악하고는 속으로 조소할 것이 분명했다. 나란 인간의 별것 없는 내면을 들킬까봐 전전긍긍.

"으어어! 나 글러먹은 인간 맞아요. 완전 속물 맞아요!"

나는 올리지도 않은 사진을 바라보며 혼자 허공을 향해 이실직고했다. 그렇게 같잖은 일로 고민하는 중에 한참 유행했던 해시태그 하나가 떠올랐다.

#셀기꾼

맞아, 인스타그램이 있었지. 너도 뻥치고 나도 뻥치고 알 사람 다 알지만 잘생긴 나에게 하트 뿅. 내가 나 같지 않은 사진을 올리고도 흐뭇한 미소를 지을 수 있는 곳. 관대하고 (갖은 물질로) 풍요로운 우리의 인스타그램. 역시 구차함이 제거된 입장을 보여주기엔 인스타그램이 최고다. 셀카를 게시하게 된 사연… 있지도 않지만 설사 있다 한들 누가 읽고 싶어하겠는가. 내가 즐겨 쓰는 이모티콘은 유니콘과 네잎클로버. 셀카에 어울리는 단어를 쓰려다 말고 수줍음의 의미로 볼빨간 이모티콘만 추가하여 게시했다. 인친들이여, 사랑에 굶주린 내게 하트 세례를 내리소서!

사기꾼과 셀카라는 말을 합친 #셀기꾼. 현실과의 간극,
귀여운 자괴감 섞인 해시태그가 유행했던 것은 인스타그램
사용자들의 양심이 움직인 결과였는지도 모른다.
나르시시즘 대잔치, 보정된 사진의 퍼레이드에 합류한 나는
뿌듯한 마음이 들었다. 하트의 개수가 늘어날수록 자존감이
팍팍 상승하는 듯했다. 소셜미디어의 본질에 좀 더 가깝게
접근한 것 같았고, 모두와 함께 관음과 배설의 죄를
공유하는 듯이 느껴졌다. 인스타그램 지인들은 나의 사진을
칭찬하는 댓글을 달았고, 촌철살인을 즐기는 동창도 나의
셀카 아래 댓글을 달았다.

　"다른 사람 같아. 너처럼 안 보여."

　정직한 친구의 정직한 댓글. 로마에 가면 로마의 법을
따르고 인스타그램에선 인스타그램의 법을 따라야 하는
법인데, 친구는 홀로 제 양심을 지키며 나를 부끄럽게
만들었다. 민망한 댓글 한 줄로 내가 모른 척했던 진실을
일깨웠다.

'편집된 진실로 때깔 좋은 꿈을 꾸는 건 좋은데 결국 그건 다 가짜야. 너는 네가 창조한 허구의 세계에서 살아가는 사람이 아니야.'

밀려드는 부끄러움, 나는 사진을 삭제하고 말았다.

'#셀기꾼'으로 증명하고 싶었던 나의 아름다움, 그런 건 처음부터 존재한 적이 없었다. 진짜 내가 가진 아름다움을 보여주고 싶었다면, 나는 내 비뚤어진 자의식, 고집스러움과 독특함이 드러난 사진을 골랐어야 했다. 보편적인 미인으로 만들어준다는 뷰티 앱 따위 지워버렸어야 했다.

셀카의 수모를 겪고도 나는 아직 인스타그램을 한다. 부스스한 고양이, 까부는 딸, 어제 먹은 스파게티, 노을이 번진 하늘… 삶의 다정한 순간들을 SNS에 기록한다. 친구들과 함께 나누고 싶은 이야기는 그게 다니까. 이제 뷰티 앱을 사용한 셀카는 올리지 않는다. 일렁이는 꿈의 세계 인스타그램. 거짓 셀카 없는 SNS가 팥소 없는 붕어빵같이 느껴질 때면, 나는 아주 작게 한숨을 쉬어

허영심의 바람을 뺀다. 거울에 비친 진짜 나를 바라보며
하트를 날린다.

얼치기 패션에디터

번화가 카페에 앉아 행인들의 옷차림이 흘리는 단서들로 탐정놀이를 하는 나는 호기심 천국의 문지기 같다. 사람들의 패션에 숨은 사연을 유추하다보면 시간 가는 줄 모른다. 기벽을 발동시킬 때의 나는 머리 나쁜 셜록 홈스이며 동시에 얼치기 패션 에디터다.

나는 패셔너블한 사람을 좋아한다. 자타 공인 속물이라 인간의 외모를 중시한다. 머리부터 발끝까지 조목조목 뜯어본다. 어떤 이가 가진 미적 감각이나 소비 취향을 가늠하고 이런저런 상상을 하는 일이 즐겁다. 레어어링, 보색 대비, 질감, 트렌드, 자신의 몸을 잘 이해하고 표현한 사람에겐 꼭 칭찬을 해주고 싶다. 치밀한 스타일링에 감동한다. 하지만 패션잡지에 나올 법한 사람에게만 끌리는 것은 아니다. 옷차림이 상징하는 바, 꼭꼭 숨겨진 작은 서사들에 열광한다.

이를테면 월렛 체인 같은 것. 지갑에 달린 체인을 좋아한다. 정확하게는 월렛 체인이 내는 금속성 울림을 사랑했다. 한때 바지 뒷주머니에 지갑을 찔러 넣은 채, 쇳소리를 내며 내게 걸어오는 애인이 있었다. 짤그랑짤그랑 소리가 커질수록 가슴이 두근거렸다. 애인의 월렛 체인은 '내게 오고 있다. 거리가 좁혀진다'는 친밀함의 신호였다. 아직도 월렛 체인은 내게 지난 청춘의 상징으로 남아 있다.

동물 털이 잔뜩 붙은 티셔츠도 좋다. 그런 옷을 입은 사람을 만나면 두터운 방어기제가 단번에 무너지고 만다.

"어머, 고양이 키우세요? 아니면 개?"

옷 위로 수도 없이 지나다녔을 반려동물을 떠올리면 절로 웃음이 난다. 후다닥 옷을 걸친 뒤 밖에 나와 '이럴 수가 털투성이네!' 가벼운 절망감에 젖었을지도 모르는 사람의 허술함이 사랑스럽다.

"외출해서 옷에 털 붙은 거 보면… 도로 집에 들어가서 애들 안아주고 싶지 않나요?"

털투성이 옷을 입은 사람과 마주 앉아 짐승 가족에 대한 대화를 나누면 신이 난다.

최근에 목격한 가장 강력한 패션은 발가락 신발이었다. 밑창이 거의 없는 신발은 발가락의 윤곽을 몽땅 드러내서 매우 기이해 보였다. 발가락 양말 위에 발가락 양말을 하나 더 신은 것처럼 보여서 생소했다. 울퉁불퉁한 지면을 느끼며 걸어 다니는 일은 신선한 체험일 것이다. 원초적인 감각을 일깨우며 건강도 챙기는, 통념을 뛰어넘은 선택. 견고한 뚝심이 돋보이는 패션은 내가 감히 엄두도 낼 수 없는 것이기에 멋졌다.

시큰둥하게 여기는 패션도 있다. 명품 로고만을 뽐내는 복식은 지루하다. 떠들고 싶은 이야기가 너무 명백해서 궁금증이 일어나지 않는다. 자신의 계급성을 드러내려고 한 시도라면 차라리 뻔뻔하고 당당한 편이 낫다. 호방하고 두려움 없는 돈자랑이 시원스럽고 초현실적으로 느껴질 때도 있으니까. 자본주의의 딸인 나도 얄팍하기는 마찬가지여서 깃발처럼 흔들고 다니는 브랜드의 이미지가 전복적이라면, 그게 교묘히 조작된 것일지라도 쿨하다며 손뼉을 친다.

어쩌면 데이트 자리에 와장창창 패션으로 등장해 상대에 대한 배려를 보여주지 않는, 애정의 춤사위 따위 구사할 줄 모르는 사람의 무심함을 제일 싫어하는지도 모르겠다. 소통하려는 의지나 수줍음, 긴장감이 보이지 않는 상대는 내가 알아가고 싶은 사람이 아니다. 건조하기 그지없다.

개인의 미감과 가치관이 드러난다고 하여 옷차림으로 한 사람의 성향을 완전히 파악하기는 불가능한 일일 것이다. 그러나 그나 그녀가 선호하는 문화나 라이프스타일은 어느 정도 읽어낼 수 있다. 그야말로 숨겨진 기호들의 천국 아닌가. 제각각의 겉은 항상 무언가를 말하고 나는 그들의 이야기를 듣는다. 모든 것이 눈속임이고 오해에 불과하다고 할지라도 어리석은 유희를 끝내고 싶지 않다.

젊고 싶어서, 늙기 싫어서

인터넷에 나도는 신조어들을 이해할 수 없다. 핫한 식당의
흥미로운 메뉴가 피로하게 느껴진다. 새로 생긴 쇼핑몰들은
하나같이 미로 같아 분통이 터진다. 유행하는 옷을 입으면
어색하다. 한참을 길게 떠들었는데 이십대들의 표정이
'꼰대입니까?' 굳어 있다…

학습과 적응도 젊음의 능력, 나는 점점 파워를 잃어간다.
콜록콜록, 침울하게 앉아 노화의 증상들을 기록하자니
청춘 모텔에서 쫓겨나 인적 없는 도로 위에 서 있는 기분이
들었다. 시무룩하게 기다리면 '가차 없이 중년행' 버스가
나를 곧 데리러 올 것이었다.

그러나 아직은 때가 아니다. 자기 부정에 빠진 나는
싱숭생숭한 마음을 달래려 짙은 화장을 한 뒤 셀카를
찍다가 소스라치게 놀라고 말았다.

'무서워. 심지어 셀카도 늙었어!'

문화적 고립이 두려울 뿐 신체가 늙는 것은 아무렇지 않다며 폼 잡던 인간이여, 영원히 굿바이. 나는 몸이 늙는 것도 견딜 수 없다. '러키서른쎄븐'이라 부르며 내 나이를 축복하던 여유는 순식간에 사라졌다.

"타고난 노안은 세월이 흐르면 동안이 됩니다."

평생 나이보다 늙어 보였던 내게 꿈과 희망을 안겨줬던 전설은, 완전 거짓말이었다. 이목구비까지 없앨 작정을 한 셀카 앱으로 사진을 찍었음에도 나의 노화는 감출 수 없었다.

'느껴져. 지금도 늙고 있어. 무덤으로 오 센티미터 전진했어.'

비탄에 빠진 나는 젊음을 위해 갖은 노력을 기울였다.

인기 많은 화장품을 바른 뒤 하루 만에 기적을
기대했다가 절망하고, 화제의 신간을 읽으며 트렌디한 지적
열망의 탄환을 장전하려다가도 금세 잠이 들었다.

'모델이 입었을 땐 그럴싸했는데…'

새로 산 원피스를 보며 한숨을 쉬었다. 젊은이들의 물질적
취향을 흉내 내다보면 뒤처진 감각이 조금은 힘을 내지
않을까 하는 얄팍한 속셈은 결국 실패의 도미노가 되어
쓰러졌다. 젊음에게 구애하다 실연당한 지갑만 공허해졌다.
곰곰이 생각해보면 나는 단 한 번도 최첨단인 적이 없었다.
시대를 상징하는 젊은이로 살고 싶어했던 기억도 없다. 그런
내가 어쩌다 이 지경이 되고 말았을까.

"젊음은 복구 가능합니다, 돈 좀 내면."

청춘을 유지하기 위한 선택들이 널려 있는데 그걸 놓치는
것은 모두 내 탓. 가여운 통장을 괴롭히며 부지런을 떨면

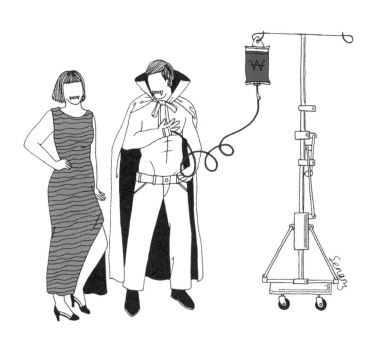

내가 잃어버린 것들을 찾을 수 있다는 메시지를 피할 수 있는 곳이 없다. 팽팽한 몸뚱이로 최신 트렌드에 충성해야 한다는 문화적인 압박은 내가 불안해하면 할수록 나를 조여온다. 그러나 두려움으로 가득 찬, 말 잘 듣는 소비자가 된 것은 못생긴 셀카보다 심각한 일이다. 내가 되찾아야 하는 것은 피부의 탄력이 아닌 젊은 시절의 태도다.

자본이여! 나는 저항할 것이다. 이제 유행이 비껴간 곳으로 마음을 옮길 것이다. '늙어도 멋져!' 나를 긍정하며 주체적으로 살 것이다. 그러기 위해서 시급한 일 몇 가지를 해결해야 한다. 일단 팔자주름을 없애야 하고, 하는 김에 물광주사도 맞고… 그리고 또… 청춘 쇼핑타운, 손에 쥐지 못할 향긋한 지폐가 흩날린다. 나는 가능성의 지옥에서 불타고 있다.

출발, 속물여행

여행을 싫어하는 것이 콤플렉스다. 박카스 광고에
등장하는 젊은이들처럼 배낭 하나 메고, 활활 타는
눈빛으로 "고단하지만 미래를 위해!" 외칠 수 있는 패기가
내게는 없다. 넓은 세계를 탐험하며 견문을 넓히고자
하는 열망도 없다. 여행을 통해 힘을 얻는 사람들이
부럽고 경이롭게 느껴지지만 나는 아무리 노력해도 그런
유형의 인간이 될 수 없을 것 같다. 꼼꼼히 계획을 세우고
거대한 이동수단에 몸을 실어 멀리 움직인다는 것 자체가
스트레스다.

다 차려놓은 밥상에 수저만 얹는 모양새로 능숙한
여행자와 떠나는 일엔 거부감이 없지만, 무기력하게 졸졸
따라다니며 민폐를 끼치고 싶진 않다. 다른 사람의 시간과
노력, 열의에 얹혀서 깃발만 흔들다 오는 여행은, 여행이

아니라 착취에 가깝지 않을까. 그런 여행은 마음이 무거워서 도저히 따라갈 수 없다.

어렵게 해외여행을 간다 해도, 어리석은 나는 기념품가게에 처박혀 엽서나 자석만 만지작거린다. '지금 이 순간'을 과거에 박제하려는 촌스러운 완력을 느끼며 조악한 기념품을 고른다. 무언가를 '보아야 한다!'는 압박감, 효율을 따진 스케줄은 부담스럽다면서도 나는 모든 것을 한눈에 보기 위해 기념품가게를 들락거린다. 만들지도 못한 추억과 가보지도 못한 명소를 장바구니에 미리 집어넣는다.

허영심도 발목을 잡는다. 여행지에서 도드라지는 나의 꾀죄죄함을 굳이 국제적으로 홍보하고 싶지 않은 것이다. 내면보다 외면을 소중하게 여기는 얄팍함은 내게 새로운 경험을 허락하지 않는다. 변비(여행지에서 꼭 변비에 걸린다)로 일그러진 표정과 선크림이 뭉친 얼굴, 드라이도 못한 부스스한 머리, 온갖 비상용 물품이 가득한 백팩의 무게로 축 처진 어깨를 외국인들에게 보여주고 싶지 않다. 다시는 만날 일이 없는 사람들이니 신경 쓰지 말라고들 하지만, 나는 다시 만날 일이 없는 사람들에게 평소보다 더 근사한 모습을 보이고 싶다. 멋진 관광객으로 기억되길 바라는 (퍽이나) 황당한 소망을 갖고 있는 것이다. 속물인 나를 내려놓고 새로운 체험으로 내면을 채울 줄 아는 미덕, 내게는 그런 소탈함과 담백함이 없다.

나 같은 여행자에게 점수를 매긴다면 1점도 아닌 빵점. 그래도 꿈꾸는 여행이 있지 않느냐고? 물론 있다. 스스로를 조소하며 붙인 관광상품의 이름은 '속물여행'. 만약 복권에 당첨된다면 (비웃어도 좋다, 아주 크게) 나는 아부다비에 가고 싶다. 그런 곳에 혼자 가서 말도 안 되는 호사를 부리고 싶다. 시간과 돈을 낭비하며 나의 허영심을 불태워 잿더미로 만들고 싶다.

나는 아부다비가 어떤 곳인지 전혀 모른다. 중동이라는 것 말고 정보가 없다. 그냥 아부다비라고 발음할 때 기분이 좋다. 흑마술의 주문을 외는 듯하여 단호하고 음험한 기분이 든다. 미국, 유럽, 일본과 달리 사전지식이 없기 때문에 더 신비롭다. 실존하는 장소가 아닌 가공의 나라 같달까.

건조하고 뜨거운 공기, 모래바람의 까끌까끌거림. 상상
속 아부다비는 그런 감각이다. 여행지에서 얻고 싶은
신선함과는 거리가 먼 감각이니까, 나는 아부다비에 가면
실내에만 있을 것이다. 공항이나 쇼핑몰을 돌아다니며
CCTV를 볼 때마다 손을 흔들고 싶다. 부지런히 최대한
많은 감시카메라에 인사를 할 것이다. 만약 내가
행방불명되더라도 누군가는 반드시 나를 찾아낼 것이다.
헛돈 쓰는 아시아 여인의 흔적을 여기저기 남길 테니까.

그런 다음 신축 호텔 스위트룸에 체크인하고 싶다. 월넛
아이스크림에 위스키, 크루아상과 명랑한 달걀을 서니
사이드업으로 시켜놓고 하루 종일 먹으며 추리소설을
읽고 싶다. 침대 커버는 이집트 면 30수, 그런 것일까?
바스락거리는 커버에 맨엉덩이 붙이고 앉아 입가에 흐르는
달걀노른자 핥아먹는 일이 일어난다면, 나는 뜯어진
모래주머니처럼 프스스 먼지 내며 작아지다가 끝내는
사라질지도 모르겠다. 이게 꿈이여 생시여, 분간 못한 채.
삶의 안쪽과 바깥쪽 경계도 없이 흩어질 것이다.

손톱

    손톱에 어떤 색을 바를지 결정하지 못했다. 무려 다섯 시간 넘게 고민했다. 색깔들 사이에서 헤매는 일은 딸의 하원길, 미지근하던 공기가 차가워졌음을 깨달은 순간부터 시작되었다. 패션잡지를 뒤척이는 동안에는 느끼지 못했던 어떤 미적인 욕구, 아주 사소하고 세속적인 열망이 내 콧구멍으로 들어온 찬바람 속에서 깨어나고 말았다. 차 문을 열다 바라본 내 손이 일상에 치여 시들해 보였기 때문일 수도 있다. 손톱 주변으로 거스러미가 일어나 있었고 손바닥은 버석거렸다.

    영화 〈쇼걸〉의 주인공처럼 눈물 나게 화려하고 천박한 손톱이 갖고 싶기도 했고, 얼마 전 영화 〈캐롤〉을 보는 내내 내 의식의 절반을 차지했던 우아한 빨간 손톱이 탐나기도 했다. 영화 속 인물들의 손톱을 내게 재현하는 것만이 나를 일상에서 분리시킬 유일한 방법처럼 느껴졌다. 손톱과 손짓, 손짓에 이어진 몸짓. 권태로움을 때려눕히고 챔피언처럼 내게 성큼 걸어 들어올 타인의 삶. 똑같은 매일을 반복한다는 것이 불행해서가 아니다. 나는 비일상적인 이미지들이 늘 내 주변에 머물기를 바란다. 언제든지 다른 인생을 선택할 수 있다는 환상을 불러일으키는 장치가 필요할 뿐이다.

내가 가장 즐기는 것은 결정의 과정이다. 손톱의 색을 정하기 위해 떠나는 즐겁고도 신경질적인 여정. 나는 나를 만족시키는 데 실패할지도 모른다. 그래서 불안하고도 설렌다. 작은 손톱을 칠할 뿐인데 그런 감정변화를 겪는다니 대단하지 않은가. 마치 거룩한 의식을 기다리는 사람처럼.

기침을 하느라 밤새 뒤척인 딸을 데리고 소아과에 가면서도, 허우적거리는 아이의 몸을 안고 엘리베이터에 타면서도, 제약회사 포스터를 설명해달라는 딸의 요구에 응하면서도, 계속 여러 색들을 떠올렸다. 쇼걸도 캐롤도 멀리 떠나버리고 나는 새로운 색을 찾아 더듬거렸다.

잽싼 물고기 같은 은색이나 미스터리한 보라색, 녹색

빛을 숨기고 있는 검정, 수북이 쌓인 금화를 떠올리게 하는
황금색. 애인을 만나러 가기 전, 전시 오픈을 앞두고 천천히
발랐던 신나는 색들. 춤과 노래, 청춘의 거리에 어울리는
색들. 어쩌면 오늘은 과거의 내가 가졌던 삶이 무엇인지
귀띔해주는 색을 찾아야 하는지도 모르겠다. 예전의 나를
만나고 그녀의 삶을 다시 추억하기 위해서. 하루 종일 집에
숨어 자수를 놓거나 아이와 씨름하다 끝날 하루일지라도,
과거와 허구를 오가는 손톱을 보며 전혀 다른 삶을
상상하고 싶다.

　　빗발치는 요구사항이 감당하기 어려운 과제처럼 느껴질
즈음이면 나는 편리한 선택을 할지도 모른다. 낙담한 날의
치장은 초라하기 마련이다. 환상이 아닌 현실, 효율의
경계로 넘어가 재미없는 색을 집어들게 될 것 같다. 가장
빨리 마르고, 모서리가 벗겨져도 거슬리지 않는, 어쩌면
지금의 내 삶과도 닮은 색. 맨손톱의 하루는 꿈만 꾸다
저물고 말까? 지친 욕망이 퇴근하려 한다. 딱 열 개인
손톱들은 아직 '빨리, 우리를…' 하고 징징거린다.

무대륙을 찾아서

길치라서 자주 길을 잃는다. 혼자 이상한 곳에 도착해서 발을 동동 구른다. 새로운 장소를 찾아가는 일은 고역이다. 집 나오면 미로다. 짜증이 날 때면 길가에 붙은 포스터를 유심히 본다. 길을 찾을 수 있는 단서가 '파격 대세일', '나이트클럽 출연진'에 있기라도 한 듯이 골몰한다. 애인들은 나의 그런 점을 어수룩하지만 사랑스럽다고 했다가 헤어질 무렵이면 진저리를 쳤다. 그럴 땐 나도 나 자신에게 혀를 차며 인상을 찌푸렸다. 피곤한 인간 같으니라고. 가끔은 친구들에게 전화해서는 "내가 어디 있는 거지?" 묻기도 한다. 나와 만날 약속을 한 친구들은 같은 주소의 약도를 여러 번, 다양한 링크를 걸어 문자로 보낸다.

"이제 어딘지 알겠지?"

"그래… 내가 알아서 갈게. 근데 나 좀 늦을 수도 있어(길 잃느라)."

어느 날 나는 무대륙으로 가고 있었다. 적어도 두세 번은 가본 카페인데도 헤매지 않고 당도할 거란 확신이 들지 않았다. 당연하다는 듯이 또 길을 잃었다. 같은 골목을 빙빙 돌다가 개 한 마리와 마주쳤다. 나와 비슷한 상황이 아닐까 우려되어 가만히 지켜보다가 말을 건넸다.

"개야, 길을 잃었니? 너도 나처럼 길을 모르겠니?"

개는 상관하지 말라는 듯이 터덜거리며 계속 걸었다. 나는 그 개를 쫓아갔다. 집도 길도 잃었을지 모르는데 그건, 나보다 더 안 좋은 상황 아니겠는가?

"개야, 집은 있니? 누구를 찾는 중이니?"

또 귀찮다는 표정, 방어적인 몸짓.

'이 개는 길 잃은 개다. 나와 같다.'

나는 더 열심히 개를 쫓아갔다. 길을 잃은 나는, 길을 잃은 주제에 개를 책임지고 싶었다. 얼마나 걸었을까, 아무래도 나 때문에 불안한지 개는 멈춰 섰고, 뒤를 돌아봤다. 개의 시선을 따라가보니, 폐지를 실은 카트를 끄는 할머니와 리본 달린 옷을 입은 또 다른 개가 내 뒤에 있었다. 할머니가 내게 왜 그러느냐고, 의아해하며 물었다.

"개가… 길을 잃은 줄 알았어요."
"아, 아니에요. 고마워요. 고마워요."

고마울 것이 없는데도 할머니가 내게 고맙다며 웃었고, 나를 경계하던 개는 리본 달린 옷을 입은 개에게 다가가 나란히 걷기 시작했다. 내가 쫓던 개는 길을 잃은 것이 아니었다. 단란한 가족과 함께 집으로 돌아가는 중이었다. 할머니의 고맙다는 말에 목이 멨다. 개 두 마리와 할머니의 뒷모습을 지켜봤다. 그들이 시야에서 사라지니 쓸쓸해서 눈물이 났다.

여전히 길을 잃은 나는 '고마워요' 골목에 한참을
서 있었다. '도대체 여기가 어딘가' 비탄에 젖어 주변을
둘러보니⋯ 무대륙이 코앞에 있었다. 개가 의도한 바는
아니었겠지만, 개는 나를 무대륙으로 안내했다. 고맙다는
말의 여운은 내 등을 두들겨줬다.

'당신, 아주 엉망은 아니야. 안심해.'

그들 덕분에 나는 무대륙도 찾았고, 길을 찾는 새로운
요령도 생겼다. 낯선 풍경에 담긴 이야기를 찾아, 그
줄거리를 따라 걸으면 된다. '인간이 길을 찾는 방법은 참
다양하구나' 위안하며. 주소를 찾아 기계적으로 걷는 대신
길에 얽힌 감정선을 쫓으면 된다. 그래도 길을 잃게 되면
나는 '고마워요, 고마워요' 스스로를 응원하며 천천히 간다.
늦어도 반드시 도착할 것이란 믿음을 갖고 시시하고 소중한
이야기들을 간판마다 붙여놓는다.

분실물

상수역에서 탄 택시 안에서 핸드폰이 없는 것을 알아채고 삼거리포차 부근에서 급하게 내렸다. 금요일 밤이라 거리는 무척 부산했다. 편의점 테이블에 가방을 내려놓고 샅샅이 뒤져도 핸드폰은 없었다. 밀려드는 낭패감. 혹시? 마지막으로 갔던 호프집으로 달려갔다.

"없는데요. 없어요."

그렇다면 1차로 갔던 대복식당에 두고 오지 않았을까. 식탁 위에 올려두고 온 것 같았다. 다시 식당으로 가려 길을 나섰는데 내가 어디 있는지 헷갈리기 시작했다. 여름밤 클럽 인파와 가게에서 흘러나오는 음악 때문에 더 혼란스러웠다. 나는 홍대의 주말을 좋아했었다. 홍대는 늘 내게 친밀하고 즐거운 곳이었다. 하지만 이날은 전혀 그렇게 느껴지지 않았다. 적대감으로 가득 차고 살기를 띤 장소가 되었다. 밤은 제멋대로 흘러가고 사람들이 낯설게 웃거나 떠들어서 기분이 나빴다. 단지 핸드폰을 잃어버려서 불쾌했을까? 사실은 예전의 나보다 더 엉망인 지금의 내가, 미련을 남긴 채 허겁지겁 떠났던 곳에서 분실물이나 찾고 있다는 것 때문에 기분이 나빴다. 마지막 술잔의 취기까지 더해져 익숙한 길의 간판들이 하나둘 사라지기 시작했다. 소주와 맥주를 섞어 마신 것을 후회하며 인상을 찌푸리고 있는데,

"누나, 누나!"

뒤를 돌아보았더니 '덩치'가 있었다. 한참 만에 본 아는 동생이 홀쭉해진 모습으로 서 있어서 깜짝 놀랐다. 핸드폰을 잃어버렸다고 자초지종을 설명하고 그에게 길을 물었다. 간단한 근황까지 이야기를 나누고 다음을 기약하며 헤어졌다. 덩치에게는 미안하지만 그가 살을 너무 많이 빼서 섭섭했다. 커다란 몸집 덕에 덩치라 불리던 덩치. 그는 이제

덩치가 아닌 것 같았다. 홍대가 더 이상 내가 아는 홍대가 아닌 것처럼.

제장, 이 동네 너무 많이 달라졌어. 불평불만과 땀으로 홀딱 젖은 티셔츠를 몸에서 떼어내며 겨우 대복식당을 찾았다. 핸드폰을 찾아서 집에 돌아가면 내 안의 혼란스러움이 가라앉겠지… 안심하며 문을 잡아당겼는데, 열리지 않았다. 문은 굳게 닫혀 있었다.

내일 찾아보자. 취객들 틈에 섞여 휘청거리다 운 좋게 택시를 잡아타고 집으로 가는 길. 지난주에 내 마음을 무겁게 했던 일들이 한꺼번에 떠올랐다. 엉망진창으로 노래한 데모 녹음, 마음에 들지 않는 나의 글, 도무지 그려지지 않는 그림, 친구에게 했던 말실수. 좋은 사람들과 유쾌한 시간을 보낸 저녁이었는데 그들과 나눈 대화나 웃음소리는 하나도 기억나지 않았다. 마음의 영사기는 반복해서 '내가 망친 것들'을 보여주었다. 나는 앞으로 나아가고 있기는 한 걸까? 제대로 할 줄 아는 게 하나라도 있는 걸까? 기분이 절벽에서 떨어져내렸다. 떨어진다아아… 핸드폰마저 잃어버리다니, 수류탄 안전핀을 뽑은 듯이 모든 문제가 한꺼번에 폭발할 것 같았다.

우울하게 집에 돌아와 지인들에게 핸드폰을 분실했다고 페이스북 메시지를 남겼다. 실없이 뒤척이다 고양이가 내 얼굴 냄새를 맡는 사이에 스르르 잠이 들었다. 아침에 눈을 뜨자마자 내 번호로 계속 전화를 했으나 아무도 받지 않았다. 핸드폰이 요즘 얼마지? 희망의 끈을 놓으려는데 딸이 눈앞에서 부산하게 움직였다. 부스스한 아이의 행색이 귀여워서 굳은 마음이 조금쯤 풀리는 것 같았다. 딸에게 장난 삼아 잃어버린 핸드폰을 찾아달라 부탁했더니, 딸은 소파 밑을 들여다보았다.

"요기는 없는데?"
"응, 홍대에 있어. 대복식당에 있어(있을 거야, 반드시!)."

그 말을 하고 나니 기분이 나아졌다. 그래, 식당에 있겠지. 문을 열면 전화받겠지.

"네, 핸드폰 여기 있어요."

아니나 다를까, 다시 전화를 하니 역시 대복식당에
있었다. 핸드폰을 찾아 돌아오는 길. 잠잠한 홍대, 한가한
길을 걸으며 오전 풍경을 살폈다. 어제의 불안감은
날아가버렸고 한참 부족한 나를 야단치던 목소리도 어느새
잦아들었다. 홍대는 여전히 그저 홍대일 뿐이었다. 인파가
빠져나간 거리는 지저분하고도 다정해 보였으며, 손에 쥔
핸드폰은 빼앗겼다 되찾은 금괴처럼 소중하게 느껴졌다.
바짝 말랐던 심장엔 다시 피가 돌았고 취객들이 남긴
쓰레기더미마저 아름다워 보였다. 잃을 것은 잃고 찾을 것은
찾는다. 두려워하지 말자. 나는 좋은 것들을 아주 많이 갖고
있으니까. 간사한 마음이 현명한 말들을 지껄이는 동안,
나는 티셔츠를 잡아당겨 핸드폰에 묻은 얼룩을 열심히 닦고
또 닦았다.

THE PHONE

자유를 위한 횡재

늘 토요일 저녁만 되면 속이 울렁거린다. '절대 그럴 리 없어' 와 '혹시 또 몰라' 사이를 번갈아 출입하는 마음이 피로하다. 내게 흐르는 긴장감을 공유하려 아빠를 쳐다보지만, 나보다 침착한 아빠의 얼굴엔 변화가 없다. 인형을 잔뜩 안고 돌아다니는 딸과 나를 한심한 표정으로 바라보는 엄마를 뒤로하고 나는 방으로 들어가 지갑을 꺼낸다.

지퍼에 찢겨 가장자리가 엉망이 된 로또, 너절한 모습인데도 내겐 절대반지처럼 보인다. 검색창에 '로'를 치니 자동완성으로 로또 당첨번호가 뜬다. 나와 같은 사람들… 이 검색창에 얼마나 자주 떨리는 마음으로 '로'를 쳤을까. 갑자기 뭉클해진다. 감상에 젖어 있노라면 왠지 위엄 있어 보이는 숫자들, 범상치 않은 번호들이 내 눈앞에 나타난다.

'과연 행운의 주인공은? 당신의 운명은?'

상상 속 내레이션. 나는 책상에 굴러다니는 볼펜을 잡아 로또 위의 숫자를 동그라미로 포획할 준비를 한다.

포획할 숫자가, 없다. 하나도 없다. 아, 가슴 언저리를 누르는 묵직한 슬픔. 당첨번호와 너무 달라서 느끼는 아픔.

'아버지. 제가 또 소중한 오천 원을 날렸네요.'

나는 날 바라보던 엄마의 표정을 따라 하며 터덜터덜 거실로 돌아간다. 아빠가 웃고 있다. 혹시 또 몰라서, 나는 아빠에게 승패를 묻는다.

"아빠! 로또 어떻게 됐어? 뭐가 되긴 했어?"

"되긴 뭐가 돼. 맨날 꽝이지."

"근데 왜 웃었어…?"

"응? 또 꽝이라서."

또 꽝인 게 재밌다니 아빠는 절박하지 않구나.

'아버지, 제게 대체 왜 그러세요. 로또 된 줄 알고 설렜잖아요.'

살짝 짜증을 내고 싶지만 참는다. 아빠와 내가 로또를 사는 이유가 다르다는 것을 알기 때문에 아무 말도 하지 못한다. 자본주의가 지긋지긋하다는 아빠는, 손쉽게 자본을 얻어 자본주의의 충실한 구성원이 되려는 나를 위해 로또를 산다. 아빠 인생의 최대 모순이 바로 나라는 사실을 확인할 때마다 씁쓸해지지만, 나는 세속의 노예로서 아빠에게 충고한다.

"꽝이 웃기면 아빠는 로또를 사면 안 돼. 간절함이 없잖아. 간절함."

내게도 간절함은 없다. 허황된 당첨 판타지가 있을 뿐이다. 일 미터 목줄 인생, 집 주변만 빙빙 도는 시골

개 생활을 청산하고 너른 벌판으로 날듯이 달리고 싶다. 당첨금이란 슈퍼 파워를 부여받기만 하면 내게 새로운 경험과 기회가 충만한 인생이 활짝 열릴 것만 같다. 가성비 따지다 취향이 사라지는 소비는 굿바이, 죽기 전에만 어떻게든 가보자던 여행 렛츠고! 그리고 무엇보다, 내가 낳은 딸을 오롯이 내 돈으로 키우는 당당한 경제적 자립… 로또 당첨금이 예전 같지 않다지만 나의 '위시 리스트' 중 단 하나라도 이룰 수 있다면 그게 어딘가.

또 꽝, 늘 꽝. 당첨번호라곤 하나도 없는 복권이 쓰레기통으로 사라질 때면 나의 판타지가 와해되곤 하지만 나는 계속 로또를 산다. 가끔은 로또에 당첨되기 위해서가 아니라 전혀 다른 삶을 상상하기 위해서, 상상의 연료로서 로또를 구입하는 것 같다. 자유를 횡재 맞고 싶은 마음엔 탈출구가 필요하기 때문이다. 잘 모르는 조상이 꿈에 나타나 상서로운 숫자들을 귀띔해주길 바라며, 나는 춤도 흥도 없는 토요일 밤의 횡재를 애타게 기다린다.

페르시안 친칠라 정먼지 선생

곧 여덟 살이 되는 나의 반려묘, 정먼지 선생(페르시안 친칠라, 수컷)은 매우 점잖고 멋진 고양이다. 내겐 아름다운 피조물로 보이지만 객관적으로 귀여운 고양이는 아니다. 먼지의 사진을 SNS에 올리면 다들 인상파라거나 근엄하다고 댓글을 단다. 그 누구도 귀엽다거나 장모종 특유의 우아함을 갖추었다고 말해주지 않는다. 그러니 그는 사람들 말대로 퉁명스러운 외모의 '묘저씨'일지도 모른다. 게다가 그는 같이 사는 인간들에게 상냥하지도 않다. 딸이 다가가면 가차 없이 '하악질'하며 꾸짖고 솜방망이 펀치를 날리기도 한다. 그의 총애를 받는 내가 "어린 인간에게 잘해줘라" 간식 주며 청탁해도 그는 사무적인 야옹 몇 마디를 던지고 사라질 뿐이다. 참으로 야속한 고양이라는 것이 우리 가족 내의 평가이다. 작고 귀엽지도 않은데다 싹싹하지도 않고 긴 털을

229

여기저기 흩날리며 가족 갈등을 유발하기도 한다. 그런데 왜 나는 그런 고양이를 사랑하는 걸까.

그는 자거나 자는 척하며 나의 삶을 오래 관찰해왔다. 기막힌 보디랭귀지로 내게 조언도 하고 가끔은 농담도 한다. 만사태평 뒹굴뒹굴하며 "너무 복잡하게 생각하지 마라", 검은 옷에 흰 털을 잔뜩 묻히고는 "나는 흔적으로 존재한다", 똥 누는 내게 화장실 문을 개방하라 요구하며 "기쁨은 나누어야 두 배!" 메시지를 전한다. 나는 그의 기세 좋은 뻔뻔함과 퉁명스러움에 홀딱 반했다. 아무도 없는 집, 고독함이 느껴질 즈음이면 살짝 내 곁에 다가와 얼굴을 비비기도 한다. 나만 아는 친밀함, 운수대통한 날의 교감은 제법 끈끈하다. 임신과 이혼으로 헤어질 뻔한 위기를 맞았을 때도 나는 그를 포기할 수 없었다. "누구 줘버려라." 무책임한 유기·파양을 강요받아도 나는 우리 관계를 버릴 수 없었다. 그런 과정을 겪었기에 그가 더욱 소중하게 느껴진다. 중년의 털북숭이를 버리라니, 어디로? 그리고 누구에게? 그는 내가 처분할 수 있는 소유물이 아닌 가족이며 곁에 있는 것만으로도 위안이 되는 친구가 아닌가.

먼지가 그렇게 각별한 존재이다보니 나는 새해가 다가올 때마다 괜한 슬픔에 휩싸인다.

"내 나이보다 네 나이가 안 믿겨. 나는 인중이 길어 장수할 것 같은데 너는 어때?"

알 수 없는 묘상을 살피며 돌아오지 않는 대답을 기다린다. 고양이에게 주어진 시간은 인간보다 짧다는 것을 깨달을 때마다 가슴이 조여온다. 세계 최장수 고양이를 검색하며 비결이 뭔가 고민한다. 그러다 가만히 내 고양이에게 말한다.

"네가 나를 떠나면 나는 예전 같지 않을 거야."

오 년 전 북새통문고에 갔다가 《혼자 가야 해》라는 그림책을 읽었다. 그날 태어나서 처음으로 서점에 서서 엉엉 울었다. 쓸쓸한 제목, 죽은 개를 껴안은 여자가 그려진 표지는 '이 책은 슬퍼요' 암시하고 있었지만 도저히 읽지

않을 수가 없었다. "어느 날 강아지 한 마리가 눈을 감아요."
담담하게 시작되는 이야기의 주인공은 맑고 향기로운
영혼이 된 강아지다. "슬퍼하지 마, 난 그냥 강을 건너가는
거야." 함께했던 인간에게 전하는 마지막 위로의 말. 투명한
색조의 삽화, 차분한 어조의 문장이 흐르는 그림책은
진한 울림을 갖고 있었다. 언젠가 내 고양이가 떠난다면…
혼자처럼 느껴지는 것은 누구일까. 오랜만에 그 책을 다시
펼쳐보고는 먼지를 불어 쓰다듬은 뒤 꼭 끌어안았다.

"여덟 살 되어도 넌 아직 젊지. 우리 헤어지지 말자, 진짜
오래 살아야 해."

2016년 기네스 월드레코드 위원회가 발표한 세계 최장수
고양이의 이름은 '스쿠터'. 나이는 서른 살이라고 한다.

호랑이 선생님의 가르침

나는 가끔 반려인의 딸이 태어나기 전의 생활을 회고한다. 당시의 나는 임무에 충실한 훌륭한 고양이였다. 백여 개의 물병을 쓰러뜨렸고, 수십 장의 비닐봉지에 머리를 넣었으며, 인간이 제 몸을 의탁하는 소파와 의자를 박박 긁는 등 부단한 노동을 하며 세월을 보냈다. 반려인과 나의 생활은 완벽함에 가까워서 그 무엇도 (심지어 그녀의 애인마저도) 우리 둘을 갈라놓을 수 없었다. 그러다 그녀의 딸이 태어났다.

솔직히 고백하건대, 인간 아이는 고약했다. 아이가 누워 있는 동안은 무시하면 그만이었다. 아이는 아이의 영역을 지키고 나는 내 영역만을 사수하면 되는, 단순한 생활이었다. 하지만 아이가 걷기 시작하자 황당한 일들이 벌어지기 시작했다. 아이는 우악스럽게 내 꼬리를 잡으려 했고, 쓰다듬는다며 내 털을 잡아 뜯기도 했다. 워낙

성가시게 굴어서 나는 늘 도망 다니거나 숨어야 했다.
집 안 아무 데나 누워 느긋한 여가를 즐기던 나의 삶이
산산조각이 난 것이다. 급기야 충성을 맹세하던 반려인마저
인간 아이를 옹호하고, 자신의 딸에게 살갑게 굴지 않는
나의 태도를 지적하기에 이르렀다.

　당시 인간들이 내게 보인 행동을 용서할 수 없었다.
고차원적 사고를 하는 나를, 방바닥에 나뒹구는 장난감과
동일시하다니! 인간 아이에게 우호적이라는 인스타그램
속 고양이들과 나를 비교하며 쓴소리하는 반려인에게
화가 났고, 귀찮게 구는 그녀의 딸에게는 분노를 느꼈다.
그리하여 어쩔 수 없이 무력을 행사해야 한다는 결론에
도달하고 만 것이다. 내게 자유의지가 있음을, 감정이
있음을 반드시 알려야 했다.

　"팍! 하악!"
　"꺄아! 엄마아아! 먼지가 나 때렸어. 이히히히…"

　아무리 싫어도 반려인의 혈육. 나는 발톱을 숨긴 채

솜방망이 펀치를 날렸고, 있는 힘껏 하악질을 했다. 내
뜻과 관계없이 나를 만지거나 장난감 취급을 해선 안
된다는 뜻을 명확히 알려주려고 한 것이다. 반려인의
딸은 내 메시지를 이해 못한 듯 호들갑을 떨며 웃었지만,
반려인만큼은 내 행동의 의미를 알아챈 듯 진중한 표정을
지었다. 반려인은 다시 한 번 때려보라며 내게 달려드는
딸을 제지하며 이렇게 외쳤다.

"먼지가 싫다고 하면 싫은 거야. 먼지도 마음이 있어.
고양이도 개도, 마음의 준비가 안 되었는데 누가 함부로
와서 만지면 싫어해. 너도 그렇지? 억지로 껴안고 만지면
싫지? 먼지는 장난감이 아니야."

반려인의 딸은 시무룩한 표정을 지으며 고개를 끄덕였다.
반려인의 손에 잡혀 뒤로 물러나는 아이의 모습이 어찌나
통쾌하던지! 내가 만약 웃을 수 있다면 '크하하' 크게 웃었을
것이다. 거실 소파에 앉은 두 사람이, 고양이와 개(내가 알
바 아니지만)의 마음과 예의에 관해 이야기할 때쯤, 나는

방 한구석에 앉아 잠이 들었다. 그날 이후, 반려인의 딸과 나 사이에는 암묵적인 동의가 이루어졌다. 서로의 신체에 손(앞발)을 대지 않고 거리를 두며, 존경이 섞인 눈인사만 나누기로 한 것이다.

요즘 평화롭다보니 종종 이런 생각도 든다. 만일 반려인이 먼저 나서서 '자유의지를 가진 존재를 우습게 보지 마' 중재했더라면 내가 무력을 쓸 필요가 없지 않았을까? 우매한 인간이라 몰랐던 걸까? 인간을 계몽하는 일은 결코 쉽지 않다.

책을 좋아해

책은 마음의 양식. 어려서부터 들어온 말이라 반사적으로 고개를 끄덕이게 된다. 그런데 성인이 된 후 내 방을 둘러보니 책은 마음의 양식일 뿐만 아니라… '짐'이기도 하다. 책 속의 좋은 말씀과 흥미로운 이야기들이 나의 내면에 착실하게 쌓였는가? 그 모호한 결실을 확인할 틈도 없이 책은 물리적인 공간을 먼저 차지한다.

다 읽고 방치한 책들은 꽉 찬 책장에 자리 잡지 못하고 바닥과 책상, 침대 옆에 켜켜이 쌓여 사나운 기둥이 된다. 여기저기 들어선 책 기둥을 바라보면 '이따위로 취급한다 이거지? 언젠가 와락 무너져주마' 무생물들의 생생한 분노가 느껴진다. 그래도 나는 책을 계속 사들인다. 흥미로운 책이 출간되었다는 소식을 들으면 괴로워서 뒹굴거리다 유혹에 항복한다. 고뇌와 지름의 과정을

관찰하여 결론 내리건대, 나는 독서가가 아닌 귀 얇은 소비자에 가깝다. 책들과 통장을 학대하고 있다. 쌓여 있는 책 때문에 죄책감으로 심란한 마음을 달랜답시고 정리정돈 기술에 관한 책을 사서 책 기둥의 키만 키우는 어리석음이라니. 그럴 때마다 나는 '서재가 없어서 그래…' 변명한다.

　이성적이고 지적인, 제대로 된 독서가는 왠지 근사한 서재가 있을 것 같다. 그들은 반질거리는 원목 책장에 가지런히 책을 꽂아둔다. 책장으로 둘러싸인 방 한가운데 단아한 책상이 섬처럼 놓여 있고 우아한 서재의 주인은 거기에 앉아 뭔가를 끼적거리거나 심오한 표정을 지으며 책장을 넘긴다. 청결하고 바삭한 종이의 냄새, 즐겨 마시는 차의 향이 어우러져 기품 있는 아우라가 완성된다. 인테리어 잡지에 등장한 중년 문화예술인의 서재는 나의 결핍을 환기하는 시각 고문이다. 물론 내 주변에 그런 서재를 가진 사람은 단 한 명도 없다. 그래서 더욱 그것이 올바른 독서가의 서재인 듯 착각에 빠진다. '얼마면 돼?' 천박한 질문을 던지고 빈 주머니에 손을 찔러 넣는 나로서는 영원히 가질 수 없는 공간. 허망한 동경을 품게 된다.

말끔함만 정답이냐? 정반대의 경우도 부럽기는 마찬가지다. 집 전체를 서재로 삼는 사람들이 은근히 많다. 오래된 책들에게 영혼이 생긴 듯 괴이한 기운이 감돌고 쿰쿰한 곰팡이 냄새가 나는 집 또한 얼마나 환상적인가. 나같이 어중간한 책 기둥을 세워놓고 자책하지 않는 열렬한 독서가의 집. 그들의 용맹함은 집 안 곳곳에 쌓인 위협적인 책더미에서 드러난다. 방파제처럼 쌓인 책들 사이에서 혼자 온기를 띠고 오로지 자신의 지적·영적 탐구에 몰두하는 사람은 경이롭다. 그런 이의 장례식장에서 "안타깝게도 그분은 책에 깔려 돌아가셨답니다" 불운한 사망 원인을 들어도 나는 전혀 놀라지 않을 것이다. 마치 치열한 전장에 나가 선두에서 싸우다 전사한 이의 소식을 들을 때처럼 엄숙해질 것이다.

이도 저도 안 되는 나는 도서관에 가기로 했다(누군가 전자책이라는 대안을 제시했지만 도무지 받아들일 수 없었다).

책들의 원망을 들으며 서재 타령을 하느니 도서관의
책을 읽는 것이 나의 정신과 통장 건강에 유익할 듯했기
때문이다. 도서관을 구경하며 책들을 만지니 기분도
상쾌해졌다. 대충 읽고 버려둔 책, 읽지 못하고 덮어둔 책을
볼 때마다 늘어난 마음의 빚을 갚을 방도가 보였다. 이제
나의 서재는 도서관. 더는 충동 '도서' 구매하지 않으리라.
하지만 내가 읽을 책을 잔뜩 빌려서 돌아오는 길에 잠깐
짬이 나자 예쁜 삽화가 가득한 그림책을 주문하고 말았다.
당연히 (아마도) 딸을 위해서… 언제쯤 도착할까. 심장이
콩콩 뛴다.

무언가를 만드는 손

　내 손은 못생겼다. 굵은 뼈마디와 일관성 없는 모양의 손톱들이 눈에 거슬리는, 크고 투박한 손이다. 게다가 오른손의 손가락들은 전부 오른쪽으로 휘어 있다. 연필이 닿는 중지 끝마디에는 굳은살이 유독 두텁게 박여 있어서, 나는 그 손가락을 혹부리영감이라 부른다.

　걸스카우트 캠프에서 친구들과 함께 손톱에 봉숭아물을 들였던 적이 있다. 제각각인 붉은색이 아이들의 손톱에 배어 있었다. 소녀들은 사기가 하늘을 뚫을 듯 치솟아 쉼 없이 손톱에 대해 재잘거렸다. 그 모습을 본 선생님은 아이들의 손을 어루만지며 봉숭아물이 잘 들었다고 모두에게 칭찬해주었다. "뽀얗고 고운 손이 더 돋보이는구나." "가느다란 손가락의 청초함이 빛나는구나." "사모님 소리 들을 손이로구나." 쉴 새 없이 칭찬하던 선생님은 내가 자랑스럽게 내민 손을 보고는 아무 말도 하지 않았다. 안타깝다는 듯이 "아아…" 하다가 선생님으로서의 본분을 자각한 듯 "붉은색의 농도가 적절하네" 웃어주었다. 나도 선생님을 따라 웃었다. 기분 나쁘지 않았다. 선생님은 아무것도 모르니까.

"이 손은 꾸밀 손이 아니야. 무언가를 만드는 손이지."

일찍이 나의 손을 자세히 살펴본 아빠가 말했다. 단칼에 꾸밀 손이 아니라고 결론지어서 섭섭했지만 곱씹어볼수록 '만드는 손'의 의미가 커져갔다. 당시 아홉 살이었던 나는 아빠의 말을 예언처럼 생각했다. 민첩한 손, 거침없이 탐험하는 손, 창조적인 손, 주체적인 손. 그날 이후, 나는 나의 못생긴 손을 자랑스럽게 생각한다. 친구들의 예쁜 손을 보며 감탄하는 일은 있어도 부러워하는 일은 없었다. 마치 아빠가 나의 손에 마법이라도 건 것 같았다. 만약 아빠가 내게 해준 말이 없었다면 나는 봉숭아물 들인 손을 당당하게 선생님 앞에 내밀지 못했을 것이다.

그런데 성인이 된 나는 손을 꾸미는 것을 좋아하는 사람이 되고 말았다. 즐거움을 위해, 몸과 마음이 만나는 의식으로서 손을 꾸미는 행위를 즐긴다. 손은 내 신체 중 유일하게 있는 그대로의 모습을 편안하게 받아들일 수 있는 부위다. 건조하고 까칠한 피부, 손가락 위의 타투 잉크가 번지고 매니큐어가 손톱 밖으로 빠져나가도 개의치 않는다. 나의 우직한 손에 어울리는 괴상한 멋을 부릴 뿐이고, 나는 언제나 '내 몸에 내가 한 짓'의 팬이니까.

하지만 안타깝게도 손을 제외한 나의 몸, 정확히 표현하자면 '타고난 몸'의 팬은 아니다. 가는 실핏줄과 큰 모공이 도드라진 피부, 인중이 긴 얼굴, 아톰처럼 굵은 종아리. 내 몸에 대한 불만은 끝이 없다. 내 몸뚱이를 도저히 응원할 수 없어. 예쁘게 태어났더라면 얼마나 좋았을까. 허영이 위를 자극하면, 나는 아기처럼 손가락을 빤다. 계몽이 필요하다.

'몸이 체험하면 마음은 축적해. 기억과 감정이 한데 뭉쳐 뭔가가 만들어지면 다시 몸이 발산을 하지. 생각이 몸

밖에서 구체적인 형태를 띠게끔 도와줘. 진짜 몸의 쓰임은 그런 거야.'

　나도 잘 알고 있다. 진정한 나를 실현할 도구. 튼튼한 몸을 가졌다는 것은 정말 대단한 일이다. 가능성 그 자체다. 기능에 충실한 육체를 갖고 있다는 것만으로도 자부심을 느낄 수 있다면 얼마나 좋을까. 아름다움을 넘어서는 재능과 열정이 몸 안에 존재한다는 것을 믿고 싶다. 나의 몸은, 그 안에 담긴 영혼을 위해 일한다. 성실한 몸을 미워하지 않고, 겉과 안이 내뿜는 독특함과 깊은 사랑에 빠지고 싶건만… 우리는 정녕 이루어질 수 없는 사랑일까? 다시 나의 손을 바라본다. '만드는 손'의 자신감이 들불처럼 온몸으로 번지면 좋겠다. 주어진 내 그릇을 매일 힘껏 사랑하고 싶다.

어쩌다 자수

연필과 나는 권태롭다. 연필 쪽이야 늘 하던 대로 내
곁에 있을 뿐이지만 난 연필에게 완전히 질려버렸다.
슬픈 일이다. 어떤 식으로라도 그림을 그리려면 연필을
잡아야만 하는데도 나는 내 작업의 시작이 늘 탐탁지 않다.
콜라주를 하거나 붓펜으로 그림을 그리는 등 다른 상대를
물색해보기도 했지만 연필만큼 친절한 안내자는 없었기에
다시 연필로 돌아오곤 했다. 그러나 서툰 이미지의 출발은
연필이었으되 완결을 함께 맞이하고 싶은 것은 연필이
아니어서 나는 다른 표현방식을 찾고 있었다. 보다 빠르고
즉흥적이며 언제나 나와 긴밀히 연결되어 있는 무엇.

인스타그램으로 외국 일러스트레이터들의 작품을 보며
자괴감에 빠져 있던 중 자수를 만났다. 고등학교 가사 시간

이후로 접해본 적이 없으며 자수에 대해 고정관념을 갖고 있었기 때문에 요즘 작가들이 만들어내는 자수들이 매우 신선하게 다가왔다. 한국에도 유행중인 프랑스 자수부터 온갖 주제를 담아 자신만의 스타일로 집요함을 선보이는 다양한 패브릭 아트까지. 놀라운 자수들을 구경하는 데 정신이 팔려 있으려니 어느 순간 '나도 한번 해보자' 시동이 걸렸다. 위험했다. 자칫 자수 실과 천, 수틀만 쌓아놓은 채로 집에 짐만 늘리는 꼴이 될 수도 있었다.

'아무렴 나도 할 수 있지'는 우리 가족에게 흐르는 피다. 종이공예, 목공예, 가죽공예, 홈패션 및 액세서리 디자인까지 우리 가족이 거쳐간 수공예의 이력은 꽤 길다. 창의적인 삶의 방식이지만, 문제는 도중에 열기가 식어버린다는 데 있다. '도저히 못해.' 그렇게 쌓인 짐은 죄책감으로 남고 열정의 작업들은 그저 조그만 추억을 방울방울 내뿜을 뿐이다. 나는 신중하게 결정해야 했다. 실과 자수가 공간을 얼마나 차지할 것인가. 내가 자수의 작업 속도를 참아낼 인내심의 소유자인가.

과오를 되짚어가며 명상의 시간을 가지려다 실패. 수틀,

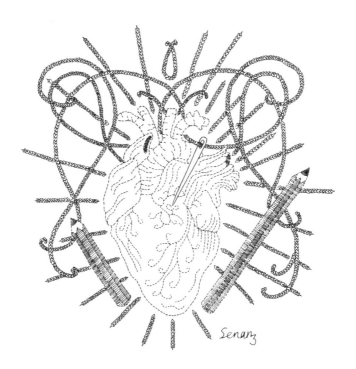

민무늬 리넨과 예쁜 무늬의 천들, 백 개가 넘는 색깔의
자수 실과 바늘들이 순식간에 내 책상 위를 점령했다. 급한
것도 악덕이다. 침울해질 시간도 없이 나는 도안을 짜고
자수를 놓기 시작했다. 그리고 완전히 빠져버렸다. 물론
자수 작업 속도는 내 사랑의 스피드에 관계없이 거북이걸음.
도안을 그리고 천을 다리고 그 천에 그림을 다시 옮기고
수틀에 넣고 바늘귀에 첫 실을 꿸 때까지의 과정 자체도
내 성격에 맞지 않는다. 너무 느려터졌다. 하지만 왜인지
실을 꿴 바늘을 들고 천에 한 땀 한 땀 수를 놓을 때마다
기묘한 쾌감이 몰려왔다. 어차피 빨리 못하니 천 리 길도
한 걸음부터, 성인군자 모드. 성급한 덜렁이라는 자기
규정과의 한 땀 승부. 그리고 자수가 완성되면 느껴지는
'오르가스믹'한 성취감.

'와 내가 이걸 다 끝냈단 말이야? 내가?'

자수를 시작한 지 고작 두 달이어서 결과물은 초라하지만
바늘과 나는 안다. 우리가 얼마나 긴밀히 연결되어 있었으며

어떤 화학작용이 일어났는지. 그렇기 때문에 꾀죄죄한
완성품이 나오더라도 만족할 수 있는 것이다. 숱한 직사각형
도화지와 대면하다 만난 동그라미 수틀. 빈 공간을 색실로
메워 그림을 만들어가며 느끼는 보람은 지금의 내 인생과도
닮았다.

앞으로 나아갈 기미가 보이지 않는 삶.

"붙박이장같이 살죠, 흐흐."

꼼짝 못해 집에 눌러앉았다며 농담처럼 던지는 나의
근황은 슬픔과 체념이 뒤섞인 것이었다. 빨리 무언가를
성취해야 한다는 압박감이 견디기 힘들었다. 하지만 자수의
과정을 겪고 있노라면 작업 자체가 내 삶의 은유인 듯하여
마음이 가벼워진다.

"한이 맺혀서 자수하냐?"

공연한 깐죽거림을 듣다가 히히히 싱겁게 웃을 수 있는

이유는 내가 단절 속에 있지 않다는 사실을 체험하고 있기 때문이다. 천과 바늘, 실과 나, 아주 조금씩 선을 더하고 면을 더한다.

'살아 있다. 하고 있다. 진행중이다.'

연필이 권태로워 어디 빨리 가려다 만나게 된 자수가 나에게 느리고 기쁜 삶의 미덕을 한 땀 더 가르쳐주길 소원한다. 바늘의 뾰족한 끝은 언제나 제가 갈 길을 정확히 알고 있다.

사주팔자가 어쨌다고

"태어난 해의 두 글자, 월의 두 글자, 일의 두 글자, 시의 두 글자, 이렇게 네 개의 기둥이 서는데 합하면 여덟 글자잖아. 그래서 사주팔자야. 이게 네 원국이 되는 거야."

명리 왕초보인 나는 친구들 앞에서 미간에 주름을 지으며 진지하게 설명했다. 주르륵 뜬 한문을 쳐다보다 질린 친구들은 복잡한 이야기는 사양하겠으니 언제 돈을 많이 벌 수 있는지 알려달라며 재촉했다.

"나 아직 대운, 세운 분석할 줄 몰라."

"원래 초보들이 더 신통하다던데. 다시 봐봐."

"그건… 신내림 받은 사람들 말하는 거 아니야? 나는 영험한 능력은 제로고 명리학에 갓 입문했을 뿐이야."

이미 실망한 친구들에게 길게 말을 이어봐야 소용없을 것 같아 나는 사주카페에서 들어보았음직한 말투로 덧붙였다.

"여기 네 월지에 정재가 딱 앉아 있네. 지갑 마를 날은 없겠어."

상황을 수습하고자 사주 용어를 섞어 늦은 대답을 해주었더니 그제야 안심한 친구가 다시 물었다.

"그래서 떼돈은?"
"야, 그걸 내가 어떻게 알아!"

재미 삼아 들춰봤던 《명리》. 한자라곤 화수목금토일밖에 모르는 내가 간신히 필요한 글자를 익히고 명리 공부를 시작하자 주변의 반응은 크게 두 가지로 나뉘었다. 내 어설픈 사주통변을 듣고 흥미로워하거나, '아… 이 사람 또 이상한 것에 빠져버렸어' 사이비종교 신자를 바라보듯 안쓰러워했다.

'운명에 매달려? 신빙성 없는 학문 주위를 맴돌다니 참 한심하기도 하지.'

부정적인 인식을 느낄 때마다 나는 운명론자가 아닌 낭만주의자라고 둘러댔다. 각자가 가진 사주팔자, 원국이 보여주는 풍경과 조후가 신기하고 아름답기 때문에 공부하는 것이라 변명했다. 가까스로 찾아낸 납득 가능한 이유였지만 아주 지어낸 말은 아니었다. 자신을 나타내는 글자 본원과 그 주변 오행들이 풀어내는 인간의 서사. 부대끼고 순환하는 이야기를 읽어내려가는 일이 정말 즐거웠다. 맞냐. 틀리냐를 떠나 그저 한 사람의 인생 골격을 보고 상상하는 기쁨만으로도 충분히 공부할 가치가 있는 것이었다. 처음부터 "나쁜 사주는 없다"는 《명리》의 문장을 마음에 품고 시작했기 때문이다.

책을 읽은 뒤로는 유튜브를 보며 다양한 역술가들의 명리 강의도 들었다. 어떤 이들은 '화류계 사주', '사업실패 사주' 등 자극적인 간판만 걸어 놓고 임상 강의를 했다. 특징이 분명한 '나쁜 사주'를 보여주겠다는 의도라는데 들으면

들을수록 화가 났다. 사주에 나타난 흐름이 그 인간의
모든 것이라도 되는 듯 단순화하고 자신의 편향된 가치관을
해석이랍시고 내놓는 경우도 빈번했다. 여성혐오적이고
보수적인 잣대로 타인의 삶을 평가하고 불행을 확대했다.
내담자에 대한, 인간에 대한 최소한의 예의도 갖추지 못한
듯 보여 안타까웠다. 상담가의 균형 잡힌 소양이 얼마나
중요한지 새삼 깨달았다.

　명리 입문자의 의문은 점점 커져간다. 원국의 개성과
시대성을 무시한 방식의 통변으로 사주의 좋고 나쁨을
나누는 것이 어떤 의미가 있을까. 표면으로 드러난 세속적
자취는 짚어낼 수 있을지 몰라도 희비의 교차점에서 성장한
인간의 내면은 여덟 글자, 팔자 안에서 찾기 불가능한 것이
아닐까. 변화하고 움직이는 영혼, 진짜 소중한 것은 전부
사람 안에 있는지도 모른다.

나는 널 몰라

김소쿨(가명, 37세, 여성)과 나는 고교 동창이다. 우리는
꽤 각별한 사이다. 적어도 나는 그렇게 생각한다. 각자의
인생을 오랫동안 목격하고 곁을 지켰으니까. 아슬아슬한
고비를 맞을 때 이야기를 들어주기도, 혹은 열심히 '모르는
척해주기'도 했으니까. 모르는 척이 어찌 우정이냐고?
김소쿨에게는 그렇다. 그것이 자존심 센 그녀에 대한
예의였다. 초밀착형 우정, 활화산 같은 대화를 나누어야
진짜 친구라는 생각을 가진 내게 김소쿨은 너무 어려운
사람이었다. 내가 그녀에게 가까이 다가가면 갈수록 그녀가
한 걸음씩 뒤로 물러나는 느낌이 들었다. 얇은 막으로
자신을 보호하고 마음을 전부 보여주지도, 내어주지도 않는
것 같았다.

나는 김소쿨과의 관계에서 일관된 자세를 취하지 못하고

휘청거렸다. 너 누구야? 어떤 사람이야? 너한테 대체 나는
어떤 존재야? 우정이라는 건 이런 게 아니야! 마치 세상에
단 하나의 우정, 친구에 대한 정의가 있는 것처럼 화를
내고 비난하다 문득 이런 생각이 들었다. 김소쿨에게는
내가 얼마나 부담스러운 존재일까. 함께여서 즐거운 시간도
있지만 공유하고 싶지 않은 개인사도 많은데 그걸 다
털어내라고 멱살을 잡고 흔드는 나는 그녀에게 과연 좋은
친구일까.

"결합상품 같은 관계는 없어."

김소쿨이 내게 전한 명언 중 하나이다. 한 사람이 가진
감정적·육체적 요구 전부를 해소할 수 있는 완벽한 관계는
세상에 없다. 모두 다른 장단점을 가졌으니 다양한 사람과
교제해야 한다. 그것이 바로 자신의 연애관이라며 김소쿨은
농담했지만 내게는 매우 의미심장하게 들렸다. 그러니까
김소쿨에게는 우정도 그러한 것이구나. 어쩌면 나는
김소쿨에게 자유분방하고 다혈질인 친구 역할을 맡고 있는

것이 아닐까. 직설적인 대화를 나누며 화통하게 웃고 옛
추억을 공유할 수 있는 사람. 딱 거기까지. 내겐 너무 서늘한
그녀. 하지만 쿨하다. 그래서 별명도 김소쿨so cool 아닌가.
그런 사람에게 조바심을 내고 진심 운운하며 압박을
가하다니 무슨 바보짓을 한 것인가. '내가 정말 구렸구나'
깨달은 나는 그녀의 처세술이 싫지 않았다. 연애는 뜨거운
것이 좋지만 우정은 탄력적으로. 나는 김소쿨에게 중요한
것을 배웠다. 속을 뒤집어 까며 앓는 소리를 하는 나와는
다른 그녀. 인정하고 나니 편했다. 늘 숨바꼭질하는 유쾌한
친구. 그녀 덕분에 내가 약간 쿨해진 기분마저 들었다. 얼마
전까지는 그랬다.

   "야, 내가 걔랑 연애하냐? 밀당하냐? 도무지 속을
모르겠어."

   김소쿨과 불화를 겪은 친구 하나가 내게 토로했다. 그녀를
이해하지 못하겠으며 섭섭하다고.

"김소쿨은… 원래 그래."

긴 대화, 짧은 결론. 이러다 진짜 다들 찢어지겠다 싶어서
김소쿨에게 문자를 했다. 정의로운 중재인이라도 된 것처럼
우리 우정 변치 말자는 요지의 말을 하려는데 김소쿨이
그녀답지 않은 메시지를 보내왔다.

"걔는 나를 뭘로 아는 거야. 내 상황을 알지도 못하면서.
정리 안 된 감정들 말해봐야 구질구질하잖아."

그녀의 문자를 보고 마음 한편에 치워뒀던 불만들이
한꺼번에 솟아오르는 듯해서 숨을 참았다. 친구야, 우리는
너를, 몰라. 왜냐면 네가 알려주지 않으니까. 나 역시 너를
대단한 미스터리로 여겨. 독심술사도 아닌데 네 아픈 마음
어떻게 알겠니. 가끔은 최선을 다해서 구려져야, 뻔하고
초라한 바닥을 드러내야 상대가 너를 알 수 있어. 하나
진심을 숨긴 채 나는 도움도 안 되는 미지근한 말만 남기고
말았다.

"너희 각자 시간을 가져."

혼자 삭이는 괴로움의 색이 무엇인지 모르는 척하기,
슬픔을 취조하지 않기. 그녀를 위한 룰을 복습하면서도
머리가 뿌옇게 흐려지는 것 같았다. 그녀가 나를 만나는
진짜 이유가 나의 구림 때문이었을 수도 있지 않았을까.
그녀의 심정을 듣고 싶어하는 내 절박한 태도가 그녀에게
도움이 되었던 순간들은 없었을까. '나를 어떤 사람으로
아느냐'는 질문에 아무런 대답도 할 수 없는 우리의 관계는
정말 괜찮았던 걸까.

세월이 흐르는 동안 더 복잡해진 관계가 시간을
갖는다고 저절로 나아지진 않을 것이다. 점점 어려워져가는
우정, 나는 무엇을 할 수 있을까. 언제나 솔선수범,
구질구질이 특기인 내가 먼저 다가갔어야 했는데…
자위에 불과한 반성을 그만하고 대화하고 싶지만 용기가
나지 않는다. '무슨 일이야? 기분은 어때?' 통속극 속
등장인물처럼 득달같이 친구에게 달려가는 상상도 위로가
되지 않는 새벽, 친구들이 하나둘 서로를 떠나간다.

안 웃긴 농담

어째서 나의 자살 기도에 대해 농담할 수 없는 건지 전혀
이해할 수 없을 때가 있다. 그 깜깜한 사건 속에도 굉장히
많은 희극적 요소가 있었다. 자살 음모를 꾸민 뒤에나 지을
수 있었던 밝은 표정, 삶에서 퇴장하기 위해 만든 마지막
조형물의 허접함, 분노와 자기 연민으로 가득했던 유서…
꽤 재밌는 농담거리다. 물론 그런 이야기를 지껄이면 이상한
사람 취급받을 것을 알기에 가능한 한 자제하고 있다.
자랑할 만한 무용담은 아니니까. 간혹 미국의 하드코어
스탠딩 코미디언처럼 직설적인 농담을 하고 싶을 때만 입을
연다. 몇몇은 '넌 정말 저질러봤구나' 하는 표정으로 연민을
드러낸다.

최후의 날을 상상해보지 않은 자만 내게 돌을, 아니
동정을 보내시라. 그들의 촉촉한 눈빛 뒤에는 자신이

정상(그것이 무엇이든)임을 자부하는 마음이 있다. 그러나 우울은 여러 모습으로 찾아오고 어떤 성벽이든 기어오른다. 확신에 가득한 인간일수록 세계 넘어질 때의 충격이 큰 법이다. '완전무장한 정신'의 소유자라며, 자신의 유약함을 받아들이지 않는 사람은 자신에게나 타인에게 더 위험하다. 어설픈 충고를 남발하게 된다. 그러다 비웃어오던 우울의 곁을 맴돌게 되면 막상 자신이 선택한 단어들 중 그 무엇도 구원의 동아줄이 될 수 없음을 깨닫게 된다. 내가… 그랬다.

> 한 사람을 죽이는 자는 한 사람을 죽이는 것이고
> 자신을 죽이는 자는 모든 사람들을 죽이는 것이다.
> 그에게 있어서는 세상을 없애는 것이다.
> ─앤드류 솔로몬, 《한낮의 우울》(G. K. 체스터턴 인용)

자신이 포함된 세상을 없애려는 사람. 자신을 지워서 모든 고통에서 해방되려는 사람에게 다가가 '나는 전부 이해한다'는 태도를 보이는 것도 적절치 않은 것 같다. 우물에 돌을 던져 깊이를 가늠한다 해도 절대 그 바닥의

모습을 알 수는 없으니까. 제각각인 슬픔에 교과서적인
위로를 건넬 수 없다.

> 우울증은 사람마다 다르다. 그러니까 모든 우울증이
> 유일하다. 마치 눈송이처럼, 본질적인 면에서는
> 동일하지만 각자 복제 불가능한 복잡한 형태를 뽐낸다.
> ─앤드류 솔로몬, 《한낮의 우울》

  솔직히 나는 자살하고 싶어하는 사람을 도울 방법을
잘 모르겠다. 다만 내가 빠져나온 방법만을 알고 있을
뿐이다. '나는 경험했으니 알고 있다'는 오만함, 공감력에
대한 과대평가를 경계하며 할 수 있는 첫 번째 일은⋯
바로 입을 닥치는 것이다. 두 번째는 그저 듣는 것이다. 세
번째가 농담이다. 내가 제일 잘할 수 있는, 부디 도움이 되길
바라는 '안 웃긴 농담'.
  나는 실컷 말을 토한 이의 등을 두드려주며 나의
죽음이 어떻게 실패로 돌아갔는가, 비장한 결심이 얼마나
웃겼는가 침을 튀겨가며 고백하고 싶다. 죽고 싶은

사람에게 솔직하기라도 해야 하지 않은가. 삶이 소중하니 어쩌니 공중화장실에 붙어 있는 스티커 격언 따위는 절대 입에 담지 않을 것이다. 세상 모든 하찮은 것들, 제일 유치하고도 세속적인 일들에 관해 떠들 것이다. 시끄러운 예능 프로그램과 연예인의 새로운 헤어스타일, 떠오르는 맛집, 뽀샤시한 거짓말을 제일 잘하는 셀카 필터, 죽기 전에 해보고 싶은 일들의 리스트를 작성할 것이다.

우울의 본질을 파악하고 해석할 수 있게 도와주는 것은 나의 능력을 벗어나므로 치사한 매일을 버틸 수 있게 해주었던 허영과 자존심을 부채질하여 삶의 알맹이가 아닌 껍데기에 눈을 돌리게 도와주고 싶다. 천박한 즐거움을 상기시킴으로써 숨통을 틔워주고 싶다. 소리를 지르고 춤을 출 수 있는 곳에 데려가거나 집에 처박혀 하루 종일 드라마와 만화만 편히 볼 수 있게 달콤한 간식을 제공하고 싶다. 매우 황당한 이야기지만 내가 할 수 있는 일은 그런 것뿐이다. 무의미하게 보일지라도 그런 식으로라도 껍데기를 쥐고 버티다보면 삶을 놓지 않을 악력이 생기기도 한다.

함박눈이 펑펑 쏟아지면 나는 "곧 길이 매우 더러워지거나

엄청 미끄러워질 거야" 김빠지는 소리를 한다. 그렇다고
내가 눈부시게 쌓인 눈의 아름다움을 보지 못하는 것은
아니다. 다만 세상에 벌어지는 일에 양면성이 있음을 상기할
뿐이다. 예쁜 눈은 녹아 질척이는 눈길이 되고, 추위에
몸을 움츠리고 있기만 해도 시간이 지나면 봄이 온다.
기쁨과 슬픔 사이의 수많은 감정들이 경계 없이 흩어졌다가
모여들어 새로운 삶의 챕터로 안내한다.

　혼란스러운 것이 자연스러운 것이라 생각하는 나는,
매끄럽지 못한 감정의 이음매가 거슬리는 날이면
과자봉지를 뜯는다. 끝나지 않는 계절에 갇힌 사람들을
생각하며 '안 웃긴 농담'을 점검한다.

악의는 없었어

　폼페이의 개들은 앙상했다. 개들이 마른 나뭇가지 같은 다리를 움직여 관광객들 사이를 분주히 돌아다니지 않았더라면 잿빛 유적의 일부로 보였을 것이다. 갈비뼈가 드러난 몸통, 푸석거리는 털, 주눅 든 표정의 개들 모두가 가엽고 처량해서 눈물이 났다. 나는 깡마른 짐승들 때문에 폼페이에 온 이유를 잊고 말았다.

　당시 열두 살이었던 나는 이탈리아의 유적보다 눈앞의 살아 있는 동물에게 마음이 더 기울었다. 주섬주섬 가방을 뒤져 기념품 가게에서 산 초콜릿을 뜯었다.

　"만지면 안 돼."

　엄마의 말을 듣고 초콜릿을 바닥에 던져놓았다. 납작한

초콜릿이 먹기 힘든지 개들은 주둥이를 여러 방향으로
돌려가며 안간힘을 썼다. 몇몇 녀석이 한참 만에 방법을
터득한 듯 초콜릿을 남김없이 먹어치웠다.

"바닥에 던져서 미안해."

나는 한국말로 사과한 뒤 안심했다. 내가 배고픈 개들을
덜 불행하게 만들었다고 생각했다.

십 년이 지난 뒤 초콜릿이 개들에게 치명적이라는 기사를
읽게 되었다. 기사를 읽자마자 폼페이의 개들이 떠올랐다.
내가 준 초콜릿을 먹었던 개들을 생각하니 가슴이
내려앉았다. 어린아이가 뭘 몰라서 그랬다거나 악의가
없었다고 변명해보아도 기분이 나아지지 않았다. 좋은
마음으로 한 나쁜 짓. 개들은 죽었을까?

"내가 좋아하는 것은 당연히 당신도 좋아할 거야. 내게
유익하고 필수적인 가치관과 삶의 방식으로 당신에게
도움을 줄게. 그 과정에서 나도 위안을 얻을 거야. 당신에게

273

애정이 없다면 이런 일을 하지도 않으리라는 거 알지? 나는 당신을 돕는 좋은 사람이야."

"하지만 당신은 나를 잘 모르잖아요. 누군가를 진정으로 사랑하려면 상대를 알기 위해 노력하는 것이 먼저 아닌가요? 나의 방식과 성향을 이해하는 것이 먼저 아닌가요? 당신이 호의라고 생각하는 행동이 내게는 상처가 돼요."

나는 아직도 누군가에게 치명적인 호의를 베풀고 있는지도 모른다. 혹은 폼페이의 개처럼 주린 배를 채우려, 누군가 내게 던지는 독한 조언을 주워 삼키며 살아왔는지도 모른다. 아무도 나쁜 마음을 품지 않았는데도 관계가 상하고 만다. 어쩌면 나쁜 마음, 악의의 정의가 너무 거대해서 무심해지는 것일 수도 있다.

상대를 알 필요가 없다고 생각하는 교만이나 권력, 무지 자체가 악의인지도 모른다. 이해하고자 하는 마음이 선행되지 않은 호의는 '베푸는 자'의 자위일 뿐이다.

"어째서 고마워하지 않아? 내가 얼마나 잘해줬는데."

　배은망덕이라는 사자성어를 입에 담기 전에 과거의
친절을 되짚어봐야 하는지도 모른다. 독심술이 없는 이상
사람들이 원하는 것을 정확히 알아차리기란 불가능한
일이지만, 신중해질 순 있다. 상대의 시각으로 문제의
깊이를 재고 고민하며 나의 시간을 나누는 것. 그게
호의의 시작 아닐까. 초콜릿을 먹은 개들, 줄줄이 망가뜨린
관계들을 되짚으며 내가 듣고 싶고, 하고 싶은 말은
이것이다.

　"당신을 다시 알고 싶어요. 성급한 마음이 저지른 일들을
용서해주세요."